双葉文庫

江都の暗闘者

青鬼の秘計

牧秀彦

目次

この作品は双葉文庫のために書き下ろされました。

青鬼《あおおに》の秘計《ひけい》　江都《こうと》の暗闘者

第一章　江都に生きて

一

享保《きょうほう》二年（一七一七）一月二十二日（陽暦三月四日）。

江戸市中で火事騒ぎが発生した。

小石川馬場で上がった火の手は本郷、駿河台《するがだい》、神田に至る一帯を舐《な》め尽くした末に、日本橋から大川対岸の深川にまで類焼。たちまちのうちに二百余町へ燃え広がった。

半鐘が鳴り響く。

火の粉が散る。

黒煙が上がる。

華のお江戸の空は、昼日中から真っ暗になっていた。

人々は為す術《すべ》もなく、着の身着のままで逃げまどう。

昨年末に続いての大火だった。

この時代、火の手が上がってしまえば消し止める術は無かった。

火勢は一向に弱まらない。

町家の屋根はすべて板葺《いたぶ》きであり、炎を食い止める役目などを期待することはできなかった。

隣家が炎上すれば、たちまち燃え移ってしまう。延焼を阻止するには燃えた家を柱ごと引き倒し、炎と煙を上方へ逃すより他に打つ手が無いのである。

武家屋敷とて万全とは言い難かった。

屋根こそ町家とは違って火に強い瓦葺《かわらぶ》きだが、上空から火の粉が降り注ぐのに任せていれば無事なままでは済まない。

その点、江戸城には万全の体制が敷かれていた。

ちょうど六十年前の明暦《めいれき》三年（一六五七）、世に云《い》う振袖火事で天守閣を焼亡した過去の教訓が生かされているのだ。

市中の何処《どこ》であれ、火の手が上がれば登城《とじょう》の触れ太鼓が打ち鳴らされる。大名も直参《じきさん》の旗本衆も速やかに城中へと馳せ参じ、警戒体制に入る。

護《まも》るのは、将軍の御座所がある本丸だけではない。

二の丸から三の丸、西の丸、さらには御庭の各所に至るまで、物々しい装束《しょうぞく》に身を固めた侍たちが配置されていた。

武家の火消装束は、錣《しころ》付きの兜頭巾《かぶとずきん》と火事羽織から成る。

火事羽織は裾が割れていて動きやすく、前が開かぬように胸当と石帯《せきたい》が付いている。大名や大身旗本の奥方連中は緊急避難の折でも羅紗《らしゃ》製で刺繍《ししゅう》入りの華美なものを着けたがるが、消火・防火活動に当たる侍たちは松葉を焚《た》いた煙で表地を燻《いぶ》し、耐火性を高めた革羽織を着込むのが常であった。

護られながら逃げるだけで良い上《うえ》つ方と違い、いざというときは炎の中に突入することも求められる現場要員にとっては、見た目よりも丈夫で実用性に富んだ装備こそが望ましいのだ。

大奥の女たちは、すでに避難を済ませた後である。

将軍専用の什器《じゅうき》と御馬も、先年まで大老職を務めた彦根藩主の井伊掃部頭直《いいかもんのかみなお》興《おき》が謹んで預かり、桜田門外の藩邸へ移し終えていた。

残る保護対象者はただ一人——征夷大将軍のみだった。

方々に白い煙が漂う中、本丸から一群の男たちが出てきた。

中央に立つ男は舞い散る火の粉に動じるでもなく、悠然と歩《ほ》を進める。

兜頭巾の下から精悍《せいかん》な双眸《そうぼう》が覗《のぞ》けて見える。

大した貫禄の持ち主だった。

上背《うわぜい》はそれほど高くない。当時の成人男性の標準にほぼ等しい、五尺二寸（約一五六センチメートル）ばかりである。

身の丈だけならば、付き従う面々のほうが遥かに上回っている。

しかし誰もが皆、従順そのものに振る舞っていた。

すぐ間近まで火の手が迫っているというのに慌てず騒がず、中央を歩む男と足並みを揃えている。

それも当然のことだった。

一団の小姓を従えた男の名は徳川吉宗《よしむね》、三十四歳。

徳川八代将軍、その人である。

吉宗の周囲を固めて、わずかな火の粉も寄せ付けまいと目を光らせている小姓たちの中に一人、凛々《りり》しい美丈夫の姿が見出された。

佩刀《はいとう》を抱え持ち、すぐ傍《そば》に付き添っている。

面長で鼻筋の通った、端整な顔立ちである。眉《まゆ》毛は細く長く、凛《りん》とした双眸《そうぼう》も切れ長だった。

痩《や》せてはいるが、ひ弱な印象はない。

分厚い生地の火消装束を着込んだ上からでも背筋が伸び、腰の据わっている様《さま》が見て取れる。細身ながらも針金の如く、ぴしりと筋の通った力強さを全身から漂わせていた。

田沼意行《たぬまおきゆき》、三十二歳。

吉宗に仕える小姓の一人である。

新参ではあるが同輩たちと同じく三百俵取りの、歴《れっき》とした直参旗本であることに変わりはない。

それに、主君の吉宗からは格別の信頼を寄せられている立場でもあった。

徳川吉宗は昨年まで紀伊五十五万石の当主だった。

そして田沼家は、紀州藩に代々仕える足軽だったのだ。

それが意行の代になって藩士に登用され、国許においても吉宗の小姓を務めていたのである。

異例の出世は、足軽から藩士になれただけにとどまらなかった。

昨年五月一日（陽暦六月二十日）、七代将軍の家継《いえつぐ》が急死したのに伴って主君の吉宗が八代将軍の座に就いたとき、同道して江戸入りしていた意行は御城詰めの小姓に——すなわち直参旗本に抜擢されたのだ。

単に見目麗《うるわ》しく、文武の両道に秀でているというだけのことで実現し得る人事ではない。

意行は紀州の国許で一小姓として精勤し、藩政改革に情熱を傾けていた吉宗を能《よ》く補佐してきた。その実績を認められればこそ、出世を果たしたのである。

意行は田安門《たやすもん》内に御用屋敷を与えられていた。

江戸に来た当初は麴町《こうじまち》の紀州藩上《かみ》屋敷で御長屋を仮住まいとし、妻女と若党《わかとう》の三人きりでの暮らしだったが、新しい住まいは使用人も十分に揃っていた。今頃は総出で防火に努めてくれていることだろう。

そう思えればこそ、意行は安堵《あんど》して御役目に専念できるのだ。

火の粉は変わることなく、城外の御庭にまで降り注いでいる。

それでも、吉宗はまったく動じていなかった。

「意行……」

前を向いたまま、意行に低い声で問うてくる。

煙に喉をやられたわけではない。周囲の小姓たちに聞かれぬよう、すぐ後ろに付いている意行のみに語りかけたのだ。

「は」

「城下は大事あるまいな？」

「出羽守《でわのかみ》殿が出張《でば》られておりますれば……」

意行は言葉少なに答える。

吉宗は、諸大名と直参衆に護られるばかりで良しとしていたわけではない。

小石川馬場にて火の手が上がったと知るや若年寄の森川出羽守俊胤《としたね》を急遽呼び出し、城下の消火活動を指揮させるべく出動させていたのだ。

それは、江戸市中の防火体制が貧弱きわまりないことを承知していればこその措置《そち》だった。

かねてより幕府では市中に屋敷を構える諸大名家および大身旗本に対し、一定の数の火消を召し抱えておくことを命じてあった。

とりわけ旗本には選ばれた十家に定火消《じょうびけし》と称する消防組織を作らせ、こたびのような大火に備えさせていた。

しかし大名火消も定火消も、いざとなれば頼りないこと甚《はなは》だしい。

大名は自身の屋敷を護るのが精一杯であったし、定火消の御用を担う旗本たちにしても任された区域の町民たちを保護しようという意識は限りなく低い。臥煙《がえん》と呼ばれる抱えの火消たちには遠慮なく町家を破壊させ、延焼さえ防げれば後はお構いなしという体《てい》たらくだった。

将軍職に就いて早々に、吉宗はかかる現実を思い知らされていた。なればこそ己《おの》が名代として、若年寄を城下の火事場まで遣わしたのだ。

「やはり、儂《わし》が直々に参ったほうがよかったかのう」

「ご冗談《じょうだん》を」

何気ないつぶやきに対し、意行は謹厳に答えていた。

「上様は日《ひ》の本《もと》が要《かなめ》にございまするぞ。何卒《なにとぞ》、軽はずみなことを申されますな」

「そうであったな……」

吉宗は苦笑を収めると、ふだん通りの張りのある声で言った。

「されば、急ぎ参ろう」

と、先に立って歩き出す。

吉宗は行動力に富んだ人物だった。

国許の紀州では浪人体になって城下へたびたび繰り出し、火事騒ぎのときには一度ならず、自ら消火の指揮を取ったりもしていたものである。そのたびに意行は後を追い、厄介事《やっかい》に巻き込まれた吉宗を助けてもきた。

今でも周りの者たちが気を付けていなければ、それこそ江戸市中へ忍び出たりしかねない。若年寄に任せず、自ら火事場へ陣頭指揮に出向いたほうがよかったと口にしたのも冗談などではなく、半ば本気なのだろう。

だが、勝手気ままに振る舞うのを自重する思慮深さも吉宗は備えている。

紀州の若き藩主だった頃ならばともかく、今の吉宗は武家の棟梁《とうりよう》、征夷大将軍である。万が一のことがあっては、それこそ天下の一大事だ。

今は速やかに火の手を避け、皆を安堵させるべきだと考えていた。

「上様！」

「上様!!」

御側御用取次の面々が、兜頭巾を揺らして駆け寄ってきた。

吉宗の無事を確かめるや、安堵した様子で頭巾を脱ぐ。

有馬四郎右衛門氏倫《ありましろうえもんうじみち》、五十歳。

加納角兵衛久通《かのうかくべえひさみち》、四十五歳。

小笠原主膳胤次《おがさわらしゆぜんたねつぐ》、六十一歳。

紀州の国許で有馬と加納は御用役兼番頭《ばんがしら》を、小笠原は年寄（家老）の要職を務めていた。吉宗は古株の新将軍を快く思わぬ老中たちを牽制するために彼らを側近として登用し、紀州派と呼ぶべき派閥を早々に作り上げたのだ。

高齢の小笠原はこのところ体調が思わしくなく、近々お役御免を願い出ることになっていたが、他の若い二人は覇気も十分だった。

「体を労《いと》えよ、主膳」

呟き込んでいる小笠原にそう告げると、吉宗は足早に歩を進める。

意行は黙礼し、その後に速やかに従っていく。

彼は彼で、己にしか為し得ない役目を担っていたのであった。

二

御曲輪《おくるわ》の外郭に位置する、九段坂上の南側一帯を田安台と呼ぶ。後の世に日本武道館が設けられることになる、高台の地だ。

かつて置かれていた田安大明神と称する社《やしろ》は牛込に移され、広い台地はすべて将軍家の御用地と定められている。

田沼意行の役宅は、その広大な御用地の一画に建っていた。

折しも小さな屋敷の庭先では、老若の男二人が大童《おおわらわ》になっている。

「さっさとしねぇ、吉《きち》っ！」

「わかってらぁな、とっつあん。がたがた言うんじゃねぇや」

ありったけの桶や瓶《かめ》を庭へ持ち出してきては交替で釣瓶《つるべ》を手繰《たぐ》る。

そうやって水で満たした桶と瓶を、汗をかきかき運んでいく。万が一にも類焼したときに備えてのことだった。

屋敷の奥では年若い女中が黒髪を振り乱し、貴重品を行李《こうり》にまとめている。主人の意行が畏《おそ》れ多くも御上から授かった役宅を、奉公人としては安易に放り出すわけにはいかない。

むろん、いよいよとなったときは避難しなくてはなるまいが、そのために一同で労を惜しまず、万全の支度を整えておく必要があった。

台所では年嵩《としかさ》の女中が皺《しわ》張った手を懸命に動かし、おひつの残り飯でおむすびを拵《こしら》えていた。

避難するにせよ踏みとどまるにせよ、腹が減っては戦《いくさ》が出来ぬ。こういうときには糧食《りょうしょく》を確保しておくことも不可欠な心得なのだ。

「慌ててはなりませぬよ！」

三十前と思《おぼ》しき奥方が屋敷内の各所を回り、皆を指揮していた。

小柄だが、きりっとした顔立ちは少年の如く凜々しい。

辰《たつ》、二十八歳。

田沼意行の愛妻である。

自らも田沼家の位牌を風呂敷に包み、胸前《むなまえ》にしっかりと結びつけていた。

意行が大事にしている銘刀《めいとう》は女中に任せることなく、一振りずつ錦袋に納めた上で束ね置いてある。良人《おっと》が趣味の歌集もまとめて油紙にくるみ、いつでも持ち出せるように支度済みだ。

気丈なばかりか、万事に行き届いた奥方であった。

「弥八《やはち》、そんな大瓶を一人で担いではまた腰を痛めますよ？　多吉《たきち》さん、すまぬが助けておあげなさい」

「菊江《きくえ》、梅干しは足りていますか？　なければ塩だけで握ってくだされ。そなたのおにぎりなら、塩味だけで十分にいただけまする」

奉公人の一人一人に声をかけ、労をねぎらうのも忘れない。

決して眉を吊り上げず、あくまで自然体に振る舞うことで皆を落ち着かせようと努めている。いつも屋敷の奥で暇を持て余し、愚痴を垂れているような凡百の奥方連中では、こうはいくまい。斯様《かよう》にできた妻に留守を任せていられればこそ田沼意行も安心して働けるのだろう。

屋敷の上空は真っ暗になっていた。

風の音が地鳴りのように聞こえてくる。

「お、奥様っ！」

「落ち着きなされ、美津《みつ》」

悲鳴を上げた若い女中に一声告げるや、辰は納戸《なんど》を指し示す。

「あれを出しておきなさい。さすれば、安心できましょう」

「は、はいっ」

美津と呼ばれた女中が、廊下を小走りに駆けてゆく。

納戸の棚から取り出されたのは、分厚い合羽《かっぱ》だった。

真新しい羅紗製の合羽は三着用意されていた。

仮住まいだった麴町の紀州藩邸からこちらの役宅に引っ越してきて早々に、辰が自ら日本橋まで出向いて買い求めてきた品であった。

火事で避難するときに女たちは必ず、頭巾や長着《ながぎ》をかぶって逃げる。男よりも大量の鬢付《びんつ》け油で塗り固めた頭髪にひとたび引火すれば、たちまち大火傷《やけど》を負うからである。そのまま表に出てしまっては、危険きわまりないのだ。

とはいえ、火の粉が燃え移りやすい麻や木綿の長着を頭にかぶっていたのではかえって安心できない。

その点、火事羽織にも用いられる羅紗は安全な素材だった。

夫の教えに従って倹約に努めていても、必要な品にだけは費《つい》えを惜しまぬことを辰は心得ている。

高価な合羽は彼女自身のぶんだけでなく、雇い入れた女中の頭数だけきちんと揃えてあった。その合羽をいざ逃げ出す段になって配るのでは遅いと判じ、辰は女中たちにあらかじめ渡しておくことにしたのである。

美津がてきぱきと動き始めたのを見届け、辰は縁側に出る。

田安台は見晴らしがよい。

とりわけ東南の眺望が開けており、江戸湾を一望することもできる。

「まぁ……」

形の良い眉根を寄せ、思わず辰は呻《うめ》いた。

屋敷に火が付いたわけではない。

東南部——深川方面に激しく火の手が上がっているのを見て取ったのだ。

辰は屋根を振り仰いだ。

「大事ありませぬか、兵四郎《へいしろう》さん！」

「はいっ」

屋根上から力強い声が返ってくる。

瓦屋根を踏み締めて、仁王立ちになっていたのは年若い男であった。

茶染めの筒袖に細身の馬乗り袴を着け、古びた兜頭巾を被っている。

ぶわっと熱風にあおられた頭巾の下から、精悍な造作が覗けて見えた。分厚い唇も太い鼻も汗にまみれ、浅黒い肌のところどころから塩が噴き出ていた。

まだ類焼するには至っていないものの、火の粉は絶え間なく降ってくる。

「奥様、中へ！」

「お気を付けなされ」

若者をもう一度見上げると、辰は屋内へ姿を消した。

迫る火勢はいよいよ強まりつつあった。

辺り一帯に熱気が立ちこめる中、全身を汗が伝い流れていた。

それでも若者は両の瞳を喝《かっ》と見開き、瞬《また》きもせずにいる。降り注ぐ火の粉にも微動だにせず、竹竿の先に付けた赤い布を振り回していた。

赤色には古来より、火事を防ぐ霊験《れいけん》があるといわれている。

だが、この若者が赤い布を振っていたのは単なるまじないのためではない。

一丈《じょう》（約三メートル）ほどもある長布《ながぬの》をくるくると回し、降りかかる火の粉を的確に打ち払っているのだ。

ただの布ならば、たちまち燃え上がってしまうだろう。たとえ水で濡らしたとしても、すぐに乾き切ってしまうはずだった。

どうやら、特殊な薬液が染み込ませてあるらしい。赤く長い布はずっと湿りを帯びたままであった。

若者は長い布を絡ませることもなく、器用に振り回し続けている。

白羽《しらはね》兵四郎、二十一歳。

十歳のとき田沼夫婦に引き取られ、今は若党として仕える兵四郎は紀州忍群《にんぐん》の流れを汲む忍びの末裔《まつえい》だった。これほどの火勢をものともせずに平常心を保っていられるのも幼い頃から乱世の忍者さながらに、亡き祖父より厳しく鍛えられてきたからこそなのだ。

兵四郎は双親《ふたおや》の顔を知らない。唯一の肉親だった祖父と死に別れた後、自分を一人前に育ててくれた田沼夫婦は無二の恩人なのである。

意行に若党として付き従い、今は辰のために奮戦しているのも当然の恩返しと言えよう。

兵四郎は果敢に赤い布を振り回す。

火の粉は続けざまに打ち払われ、屋敷に燃え移ることなく消えてゆく。

さしもの火勢も、次第に弱まりつつあった。

三

かくして大火は収まったが、安心するのはまだ早かった。

わずか二日後の一月二十四日（陽暦三月六日）、今度は牛込の赤坂で火の手が上がったのだ。

火の手は風に煽《あお》られ、音羽《おとわ》の地にまで類焼した。

こたびは江戸城に被害が及ぶ恐れこそなかったが、音羽の護国寺《ごこくじ》は将軍家も縁の深い名刹《めいさつ》である。急を聞いた吉宗は外出の予定を取り止め、御曲輪内の紅葉山へ赴いて火勢を実地に見定めるや、速やかな消火を命じた。

そして間を置かずに参集させた御側御用取次の面々と語らい、向後《こうご》の策として警火《けいか》令と消防令、さらには火盗追捕《かとうついぶ》令を発することを決意。すぐさま老中たちを集めて諮問《しもん》に懸けさせた。

吉宗は昼夜を問わず火事の被害状況を報告させ、真夜中でも寝間着のまま起き出してきて御用取次からの知らせを聞き、その場で対策を下知《げち》した。

将軍が寸暇を惜しんで政務に奔走していたとなれば、お付きの小姓たちにのんびりする閑《ひま》など与えられるはずがない。

二十二日に発生した小石川馬場の火事以来、ずっと城中に詰めていた田沼意行が下城《げじょう》を許され、田安門内の御用屋敷で床に就くことができたのは音羽町一帯が鎮火した後のことだった。


翌朝。

連日の火事騒ぎがようやっと収まり、江戸の人々は平穏な朝を迎えていた。

御用屋敷に明るい陽光が差している。

「む……」

意行は秀麗な双眸を見開いた。

寝起きの目に、朝日が眩《まぶ》しい。わが家での久方ぶりの睡眠は、城中で仮眠するときとは違って存外に深いものだったらしい。

「寝過ごしてしもうたかな」
意行は、ふっと苦笑する。
今日は登城しなくても良いと、吉宗より格別の許しを得てある。
隣の床は、疾《と》うに片付けられている。
辰は遺漏《いろう》無く、目覚めの支度を整えてくれていた。
「お早うございます、殿様」
訪《おとな》いを入れてきた辰は、盆を捧げ持っている。
朱《しゅ》塗りの盆には土瓶《どびん》と茶碗、そして小さな皿が載っていた。
「うむ」
土瓶から注いでもらった番茶を一口啜《すす》り、ほっと意行は微笑む。
（やはり、わが家は良い……）
小皿には梅干しが盛られていた。
種を取り除き、丁寧《ていねい》にほぐした果肉が見るからに瑞々《みずみず》しい。
ふたつの紀州梅には粉砂糖が添えてあった。
粉砂糖は高価なものである。
ほんのわずか、梅の味を引き立てるための添え物とはいえ、誰もが気軽に口にできたわけではない。

何事も辰の日頃のやり繰りのおかげだった。

日々の費えを節約して家計に余裕を作った上で、火除けの羅紗合羽を女中たちのぶんまで揃えたり、意行の朝の目覚めに供する梅と砂糖を仕入れてくれているのだ。まことに、良くできた妻と呼ぶべきだろう。

「どうぞ」

茶と梅干しを味わった意行に、辰はそっとお絞りを差し出す。

顔を拭き終えたところに今一人、訪《おとな》いを入れてくる者がいた。

「失礼いたします」

お絞りを辰に返しながら、意行は障子に視線を向ける。

「兵四郎か」

「は」

顔を見せたのは、若党の白羽兵四郎だった。

精悍な造作に、眠気など微塵《みじん》も残してはいない。

連日の火事騒ぎでの疲労も、まったく感じさせはしなかった。持ち前の若さもあるのだろうが、大した体力である。

「おぬしにも造作を懸けたな」

布団の上に座した意行は、改めて礼を言う。

「話は聞いておるぞ。皆が無事で済んだのも、火の粉をことごとく払《はろ》うてくれたおぬしのおかげじゃ」

「恐れ入りまする」

敷居際に端座《たんざ》したまま、兵四郎は深々と一礼する。こうした折り目正しい立ち居振舞いからも、田沼夫婦の薫陶《くんとう》ぶりが見て取れた。

兵四郎が頭を上げた。

「本日はご出仕《しゅっし》でありますか、殿……？」

「いや」

意行は手を打ち振る。わが子と接するかの如く、打ち解《と》けた態度だった。

「上様より格別の思《おぼ》し召しじゃ。おぬしも一日、ゆるりとせえ」

「有難う存じます」

再び頭を下げた後、兵四郎は意外なことを言い出した。

「されば暫時《しばし》お暇を頂戴し、木場《きば》まで参りとう存じます」

「木場へ？」

意行は怪訝《けげん》そうに問い返した。

深川の木場は、材木の一大集積地である。

市中で流通する材木はすべて、木曾をはじめとする各産地から木場に一旦集められた上で出荷される。火事の後ともなれば需要は多いはずだが、被災を免れた田沼屋敷には何の用事も有りはしない。

むろん、建材の手配など命じた覚えもなかった。

「解《げ》せぬのう。何用での外出《そとで》じゃ」

「それは……」

兵四郎は言い淀《よど》んだ。浅黒い顔に、困惑の色が差している。

そこに辰が助け船を出してくれた。

「太丸屋《たまるや》さんでありましょう、兵四郎さん?」

「は」

兵四郎が表情を綻《ほころ》ばせた。

「さぞかし忙しい思いをしておるのではと思いまして……」

「成る程のう」

意行はたちまち得心《とくしん》した。

材木問屋の太丸屋は木場で一、二を争う大店《おおだな》だ。

以前に意行より密命を受けて、得意の七方出《しちほうで》（変装術）で町人になりすました兵四郎は、通いの奉公人として潜り込んでいたことがある。

なればこそ、材木問屋の内情も理解できている。

火事騒ぎの直後となれば、どこの問屋にも買い付けの客が殺到する。たとえ店そのものが被災していても提供できる建材がある限り、復旧を後回しにしてでも客たちの求めに応じなくてはならない。

そんな状況を知っていればこそ、兵四郎は手伝いに行きたいのである。

「されば、早《はよ》う行って参れ。帰りは遅うなっても構わぬぞ」

意行はそれ以上、多くを問おうとはしなかった。

「そうなさいな、兵四郎さん」

辰も明るく告げながら、傍《かたわ》らの衣桁《いこう》に向かって歩み寄る。

「有難う存じます」

膝を揃えて一礼し、兵四郎は速やかに障子を閉めた。夫婦の邪魔をしては良くないと承知しているのだ。

かつては夫婦と兵四郎の三人暮らしで、格式などに囚《とら》われることなく過ごせていた田沼一家だが、今は事情が違う。

幾人もの奉公人を抱えるようになれば、奥方は家事に手を出しすぎないように心得なくてはならない。

また、夫婦仲が良すぎるのも体裁が悪いことだった。

そんな立場になった意行と辰にとって、朝の身支度は二人きりで言葉を交わすことのできる大切な時間なのだ。

足音を抑え、兵四郎はしずしずと廊下を歩き去っていく。

台所では朝餉《あさげ》の支度が整っている頃だった。

四

台所と隣接する板の間で、白羽兵四郎は朝餉の膳に向かう。

若い女中の美津は、奥で主人夫婦の給仕をしている。

兵四郎と二人の中間に飯を盛ってくれたのは、年嵩の菊江だった。

「たんとお上がりな、兵《へい》さん」

皺の目立つ目尻を綻《ほころ》ばせつつ、菊江は麦まじりの飯を山盛りにしてくれた。

「ありがとう」

大根の味噌汁と浅漬けを菜《さい》（おかず）にして、兵四郎は炊きたての麦飯を元気よく掻《か》き込む。

兵四郎は他の奉公人たちには子細を明かさず、今日は許しを得て外出してくるとだけ伝えてある。

材木問屋は町の人々からあまり良い印象を持たれていない。火事のたびに値が上がる建材の商いで焼け太り、儲けまくっていると思われがちだからだ。

しかし、実態は違うことを兵四郎は承知していた。

中には買い占めておいた材木の値をつり上げ、不当に儲けている手合いもいるのだろう。だが、短い間とはいえ実際に奉公したことのある兵四郎は、太丸屋の商いが真っ当なものであることを知っている。

言っても分かってもらえぬ以上は、むしろ黙っていたほうが良い。

若者が休みを貰ったとなれば芝居見物に出かけるか、色街にしけこむと相場が決まっている。そう思わせておけば何の障《さわ》りもなかった。

「せいぜい命の洗濯をしてきねぇ、兵の字」

屋敷の奉公人たちを束ねる老中間の弥八は何も知らぬまま、箸を動かしながら気の良い笑顔を向けてきた。

いつも忙しく立ち働いているというのに、不満ひとつ覗かせはしない。さすがは諸方の屋敷で中間奉公を長年こなしてきた苦労人だけのことはある。

「羨《うらや》ましいねぇ。こちとら藪入《やぶい》りまで休みなんざ無《ね》えってのに……」

兵四郎とは齢の近い、若党の千波多吉《せんばたきち》がすかさず毒づく。

弥八ともども、口入屋《くちいれや》（人材派遣業）の紹介で奉公してきた若者である。

いつもは中間をやっているが、田沼屋敷で若党の手が足りないということから俄《にわか》拵えの若党と相成《あいな》った。

そのために仮の姓を冠しているが、ふだんの風体は弥八と変わらない。

口こそ悪いが、兵四郎が意行の密命のため登城のお供ができなくなったときには嫌な顔ひとつせずに代わりを買って出てくれる、気の良い若者だった。

常日頃からそう承知していればこそ、兵四郎も毒舌《どくぜつ》にいちいち目くじらを立てたりはしないのだ。

「土産に煙草でも買ってくるよ、吉さん」

食後の白湯《さゆ》を啜りながら兵四郎は言った。

「あたしはお団子がいいねぇ」

お代わりの白湯を注ぎながら、菊江が抜かりなく言い添えた。

「判っているさ。姐《あね》さんもとっつぁんも、甘いもんが好きだからな」

「頼むぜぇ」

音を立てて浅漬けを噛み噛み、弥八が微笑む。

田沼屋敷の奉公人たちの仲は良い。

一人だけ士分に準じた立場の兵四郎に遠慮をせぬ代わりに、まだ江戸暮らしに不慣れな彼のことを、何くれとなく気遣ってくれていた。


奉公人仲間に見送られ、兵四郎は屋敷を後にした。

茶染めの筒袖と綿袴は過日の火事騒ぎで煤《すす》だらけになったため、今日は意行のお古の紬《つむぎ》を着ている。

兵四郎は、意行よりも頭ひとつ背が高い。当然ながら裄《ゆき》も丈も意行が愛用していた頃のままでは寸が合わないため、辰は手ずから直してくれた。

心尽くしのお下がりを、兵四郎は着流しにしている。

袴と腰の物は、敢《あ》えて身に付けてこなかった。

武家奉公人の中でも若党は士分に準じ、武士以外の者は常着《つねぎ》とするのが禁じられていた羽織と袴の着用を許されている。とはいえ、さすがに大小の二刀を佩用《はいよう》することまで許されておらず、いつも左腰に差しているのは刀身が二尺（約六〇センチメートル）に満たない大脇差《おおわきざし》だった。

だが、いかに法の上で認められているとはいえ、市中で脇差を差して歩く町人がいるはずもないだろう。

太丸屋の人々は兵四郎のことをかつて紀州で木樵《きこり》をしていた、出稼ぎの若者と信じて疑っていなかった。意行より命じられた調べを進めるために、そう偽って通いの奉公人として潜り込んだ。彼の正体を知っていたのは、店の中でも限られた者だけである。そこで兵四郎は髷《まげ》も町人風に結い直し、今日の訪問でもそれらしく見えるように身なりを整えてきたのだ。

寒さ除《よ》けに重ねているのも、武家用の羽織ではない。

田沼家へ奉公してきたばかりの頃の弥八に案内された柳原《やなぎはら》土手の古着屋で買い求めた、太い縞柄の半纏《はんてん》だった。

履いてきたのは草鞋《わらじ》である。まだ火事が収まってから間もないだけに、市中のどこであれ、草履《ぞうり》や雪駄《せった》では歩きにくいと判じたからだ。

しかし屋敷を出てみると、早くも町々は復旧しつつあった。

田安台を下って神田の町に出てみると、どの通りも活気づいていた。焼け跡は早々に片付けられ、新しい家が建ち始めている。

（成る程、江戸っ子とは逞《たくま》しいものだな）

我知らず微笑みつつ、兵四郎は闊達《かったつ》に歩を進めていく。

神田から深川までは、ほんのひとまたぎの距離である。後世の者たちにとっては徒歩で移動するのはしんどいところだが、この時代の人々には三里や四里など遠出《とおで》したうちには入らない。

程なく、兵四郎は両国橋に差しかかった。

その背に、野太い声で呼びかけてくる者がいた。

「いつもながら元気そうだのう」

「鴨井《かもい》様？」

親しげに声をかけてきたのは恰幅《かっぷく》のよい、中年の浪人者だった。

無精髭の目立つ、ごつい顔に満面の笑みを浮かべている。

身の丈は、長身の兵四郎とほぼ等しい。

袷《あわせ》も袴も色褪《あ》せていて貧しげだが、手も足も筋骨逞しい。定寸よりも長い刀を一本差しにしていながらまったく見劣りのしない、堂々たる巨漢であった。

浪人の名は鴨井芹之介《せりのすけ》、三十九歳。

紀州生まれの芹之介は、田沼意行とは幼なじみの間柄である。

若かりし頃、剣の道で立身出世を計らんと思い立った芹之介は郷里を後にして諸国を永らく流浪してきた過去を持つ。その結果、生まれながらの剣の才能こそ大いに磨かれはしたものの、未だに望みの仕官を果たすには至っていない。四十《よそ》路《じ》を目前にしながら妻子も持てぬままに、番町の裏長屋で無位無冠の浪人として日々を過ごしていた。

「珍しき処《ところ》でお目にかかりますな」

「まぁ、あまり見せられた様《さま》ではないがのう」

芹之介は苦笑してみせた。

見れば、大きな籠を背負っている。

「青物《あおもの》……にございますか？」

「左様。今し方、やっちゃ場で仕入れてきたばかりなのだ」

籠の中は、色とりどりの野菜で一杯だった。

「儂の長屋は独り暮らしの年寄りが多いからの、馴染みの棒手《ぼて》振りが去《い》んでしもうて不自由で敵《かな》わぬとぼやいておる爺《じい》さん婆《ばあ》さんに駄賃を弾んで貰《もろ》うてな、買い物に出向いて参ったというわけよ」

棒手振りとは野菜や魚などを天秤棒で担いで売り歩く、行商人のことである。

どうやら、芹之介が住まう裏長屋に通ってきていた棒手振りは先《さき》の火事に巻き込まれ、不幸にして商いができなくなったらしい。

気の毒なのは、当てにしていた客たちも同様だった。

被災からすっかり復旧しているようでいて、どの町でも見えないところに斯様《かよう》な弊害が生じているのだろう。

状況を改善するには、芹之介のように率先して立ち上がる者が必要なのだ。

「それはまた、お疲れ様にございます」

「何の、何の」

大きな手のひらを打ち振り、芹之介は鷹揚《おうよう》に言った。

「これも我が身を生かすためじゃよ。その上で人様の役に立てるとなれば、文句など言うては罰が当たるわ」

「成る程」

兵四郎は感服していた。

親子ほども齢の違う芹之介だが、兵四郎に対して偉そうな物言いをすることはまるでない。

「されば、田沼によろしくな」

去り際に一言告げると、芹之介は背を向けた。

「失礼いたします」

一礼し、兵四郎も反対側に歩き出す。

（大した御方だ、鴨井様は……）

尾羽《おは》打ち枯らした風体《ふうてい》で大根に人参、葱《ねぎ》などで一杯の籠を担いでいても、まったく見すぼらしくは感じさせない。

それは浪々の独り暮らしであろうとも腐ることなく、いつも胸を張って生きていればこそのことなのだろうと兵四郎は思った。

五

両国橋を渡った兵四郎は大川伝いにしばし歩き、新大橋の袂に出た。

あたけ河岸と呼ばれる橋の東詰を通過し、森下の町を抜けていくと小名木川《おなぎがわ》が見えてくる。

東照大権現・徳川家康が江戸開府に先がけて掘らせた運河である。深川にはこうした大小の水路が多く、その用途は荷船による物資の運搬だけに限らず、日々の交通にも活用されていた。

小名木川にかかる万年橋《まんねんばし》を越えると、界隈《かいわい》には寺社が多くなる。霊巌寺《れいがんじ》をはじめとする多くの寺社は、明暦三年（一六五七）の大火後に移ってきたという。こたびはどこの寺も神社も幸いにも被災を免れていたが、界隈の町では火事の残した爪痕が未だに生々しい。

だが、いつまでも落ち込んではいられない。

町々では復興が始まっていた。

深川一の繁華街である、富岡八幡宮の門前町も例外ではない。

火の手を免れた人々は被災した家の者たちを進んで助け、町の顔役たちの指揮の下に復興作業が推《お》し進められている。

深川では町人の自治が発達していた。

御城下に比べて町奉行所の支配が行き届いていないために悪人が横行していると見なされがちだが、地元に代々住まう人々の共同体の結束は堅く、こういった災害のときにも協力し合う習慣が根付いていた。

土地の衆だけではない。白羽兵四郎と同様に、手弁当で助っ人に来た者も少なからず混じっていた。

「兄い！」

兵四郎が八幡宮の大鳥居を横目に参道を抜けていこうとしたとき、姿を見せたのは力士まがいの巨漢だった。

目も鼻も大振りの、仁王像を思わせる顔付きをしている。

しかし今は、巌《いわお》の如き顔に満面の笑みを浮かべていた。

瀬戸《せと》の新次《しんじ》、二十六歳。

江戸市中のあちこちで幅を利かせている、愚連隊の大将だ。

以前に田沼一家が麴町の紀州藩邸で暮らしていた頃、兵四郎は町娘にからんでいた新次をやりこめたことがある。逆恨みされるかと思いきや、腕自慢の自分を一蹴した兵四郎に新次はすっかり惚れ込んでしまい、しきりに弟分にしてもらいたがっていた。

だが、対する兵四郎は素っ気ない。

今日も足こそ止めたものの、ちらりと見返したのみだった。

「奇遇でござんすねぇ」

新次は嫌な顔をすることもなく、にこにこしながら歩み寄ってきた。

こうも殊勝に振る舞われては、さすがに兵四郎も何か言葉をかけてやらなくてはなるまい。

「おぬしたち、何をしておるのだ」

「町の衆の手伝いでさ」

「手伝い？」

見れば、柄《がら》の悪そうな連中が忙しく立ち働いていた。

いつも新次が連れ歩いている無頼漢たちだ。

旗本家お抱えの臥煙どもが所構わず壊していった跡を片付ける者がいれば、諸《もろ》肌《はだ》を脱いで杭を打ったり、大八車を引いている者もいる。

もとより、並より頑健な肉体の持ち主ばかりである。無頼の若者たちは寒空の下で脱いだ諸肌から湯気を立てつつ、勤労奉仕に励んでいた。

「日頃の悪さの埋め合わせってとこでさ」

分厚い胸を張り、自慢げに新次はうそぶく。

彼自身も袷の尻をはしょり、毛むくじゃらの臑《すね》を剝《む》き出しにしていた。

新次とその一党は、どこの博徒の身内になっているわけでもない。日がな一日あちこちの街をぶらつき、強請《ゆすり》たかりや喧嘩沙汰を引き起こしてはいるが、根っからの悪《わる》ではないのだろう。

「感心なことだな」

兵四郎は微笑した。

だが、いつまでも相手にはしていられない。

「ま、待ってくだせぇよ！」

おもむろに兵四郎が歩き出すや、新次は慌てた声を上げた。

もう少しは褒《ほ》めてもらえるのだろうと思いきや、つれなく去られてしまっては堪《たま》らない。そう言いたげな態度であった。

「兄いー!!」

去りゆく若者の背に向かって、新次は叫ぶ。あたかも親に置き去りにされた子どものようだった。

無頼漢たちは思わず手を止め、呆気《あっけ》に取られて見送るばかりである。

その中に一人、忌々《いまいま》しげな表情を浮かべる男がいた。

小柄で見るからに生意気そうな、ひょろ長い顔をしている。

井太郎《いたろう》、二十三歳。

新次の片腕を自認する、愚連隊の副将である。

「あんな若造のどこがいいのかねぇ……」

離れぎみの目で兵四郎の背中を睨《にら》みつつ、声を潜めて井太郎はぼやく。

あの兵四郎という若党と縁付いて以来、どうも新次はおかしい。

だが、目の前で悪《あ》し様《ざま》に言ってしまえば、また痛い目に遭《あ》わされるのが落ちだと承知している。

「ったく、親分の気まぐれにも困ったもんだぜぇ」

ぼやきながらも、井太郎は作業を放り出したりはしない。

新次に誰より惚れ込んでいる自負があればこそ、どこまでも付いていこうと心に決めていたのだった。

六

八幡宮の門前から数町も歩かぬうちに、潮の香《か》が濃くなってきた。

心なしか、木の匂いも混じっている。

木場に着いたのだ。

材木を組んだ筏《いかだ》が幾つも行き交う運河を横目に、兵四郎は歩を進めていく。

木場では堀の周囲に松を植えている。黒松の枝越しに降り注ぐ陽光は、眩しくも暖かだった。

掘割に面して、材木問屋が幾つも店を構えている。

深川一帯を襲った先日の火事でも、幸いに被災を免れたらしい。その中で一際ごった返していたのが、太丸屋の店先だった。

諸方から、建材の注文が殺到しているのである。

あるじの太丸屋仁兵衛《にへえ》以下、奉公人たちは丸に「太」の一字を染め抜いた揃いの半纏姿で忙しく立ち働いている。

対応に追われるお店者《たなもの》の中に一人、年若い娘がいた。

まだ十七、八歳と思《おぼ》しき、可愛らしい顔立ちの娘だった。

目も鼻も小造りである。

剝きたての茹《ゆ》で卵を思わせる、つるんとした肌には面皰《にきび》ひとつ無い。顎の線も卵の如く、やや丸みを帯びている。

四肢は伸びやかであり、年頃の娘らしく発育が良い。少女から大人の女に育ちつつある時期ならではの、健康そのものの姿形をしていた。

初《はつ》、十七歳。

太丸屋仁兵衛の一人娘だ。

折しも兵四郎が店の前に立ったとき、お初は一人の客を送り出しているところであった。

「ありがとうございます！」

父の仁兵衛と商談が成立した順に手代を付けて、近くの木置場まで案内させるのが彼女の役目らしい。

材木問屋の客は仲買人である。

いずれも木を見る目の肥えた玄人《くろうと》ばかりであり、商品の吟味は厳しい。このたびの火事騒ぎで需要が急増し、建材ならば何でも高値で売り捌《さば》けると分かっていても粗悪品には鼻も引っかけない。本物の商売人は一時《いっとき》の荒稼ぎのために自ら信用を下げることなどはしないからだ。

その点、太丸屋は安心して取引のできる店だった。

あるじの仁兵衛は川並《かわなみ》と呼ばれる木場人足の出で、文字通りに裸一貫で財を成した分限者《ぶげんしゃ》だった。それを支えているのが年季の入った番頭と、店の小僧あがりの手代たちなのである。

買い占めなどせぬ代わりに、いつも良質の品を取り揃えてくれている。

客あしらいも申し分ない。

こたびの火事で太丸屋の木置場が被災を免れたと知るや、仲買人が先を争って押しかけたのも当然と言えよう。

客たちへの応対が一段落するのを見計らい、兵四郎は店先に歩み寄る。

その姿に、真っ先に気付いたのはお初だった。

(兵四郎様!)

彼女は、兵四郎が武家の若党であることを知っている。どこの旗本の家中なのかまでは明かされていないが、主人の密命を奉じて行動する立場であるらしいとまで承知してくれていた。

だが、娘の身で自分から殿御《とのご》に声をかけるわけにはいかない。

代わりに呼びかけたのは、番頭の吉五郎《きちごろう》だった。

「おや、四郎どんじゃないか!」

「お久しゅうござんす。皆さんご無事で、何よりにござんした」

小腰《こごし》をかがめて頭を下げながら、兵四郎は安堵の笑みを浮かべる。

太丸屋の面々は、誰一人として欠けてはいなかった。

「お前さん、手伝いに来てくれたのかい?」

「へい。何なりと申し付けてやっておくんなさいまし」

「そいつぁ助かるよ」

吉五郎は頼もしげに兵四郎を見返した。この若者が本職の川並たちも舌を巻くほど身軽な上に、銭勘定も達者なことを承知しているからだ。

できれば通いではなく住み込みで奉公してもらいたいと常々思っていた兵四郎が火事場見舞いに自ら馳せ参じてくれたとなれば、大歓迎だった。

そこに、帳場の奥から恰幅《かっぷく》の良い男が出てきた。髪こそ白髪まじりだが、堂々たる体軀《たいく》の持ち主である。

太丸屋仁兵衛、六十一歳。

この太丸屋を深川でも一、二を争う材木問屋にまで成長させた、有数の大立者であった。

「旦那様」

「話は聞いたよ、番頭さん」

吉五郎へ鷹揚《おうよう》に告げると、仁兵衛は兵四郎に向き直る。

「さっそくだが四郎どん、二番堀へ廻ってくれるかい？」

「へい！」

二つ返事で請け合うや、兵四郎は着流しの帯を解く。紬の下には、河岸《かし》着と称される腹掛けと股引《ももひき》をあらかじめ着けてきていたのだ。

「助かるぜぇ」

「お前が来てくれりゃ、こちとら百人力ってもんさね」

居合わせた川並衆が口々に言った。

川並は決まった問屋に出入りして材木を運んだり、堀に浮かぶ筏を操る作業に就いていた。体がしっかりしている上に手先も器用な兵四郎は、彼らにとっても安心して組める相手なのである。

「さ、午前《ひるめえ》にもう一仕事やっつけようぜ！」

「合点だ、兄さん」

年嵩の川並が促すのに、兵四郎は威勢良く答える。

田沼家の若党として折り目正しく振る舞っているときとはまるで別人の、鯔背《いなせ》な木場の若い衆に成り切っていた。

（ありがとう、兵四郎様）

川並たちと連れ立って走り出す若者の後ろ姿を、お初は無言のまま、どこか切なげに見送るのだった。

第二章　黒覆面の手練

一

かくして、江都が順調に復興し始めた頃。

屋敷で寛《くつろ》いでいた田沼意行は急なお召しを受け、身支度もそこそこに登城《とじょう》することになった。

装いを麻の裃《かみしも》姿に改めていく意行に別段、不服そうな様子はない。

着替えを手伝う辰も同様だった。

火急の命により呼び出されるのは、主持《あるじ》の身にとっては当然の責である。

まして意行の主君は御上――徳川将軍その人なのだ。

「いってらっしゃいませ」

「うむ」

辰に見送られた意行は、すっと背筋を伸ばして玄関に立つ。急なお召しが何のためなのか、すでに察しが付いていたのであった。

二

お供の弥八と多吉を連れて、意行は屋敷を後にした。田安門内の屋敷から御城の本丸へは、ほんのひとまたぎの距離である。

供の二人を詰所に残し、本丸の玄関に立つ。

小姓用の下部屋《しもべや》に寄って佩刀《はいとう》を置き、脇差のみを帯びた姿で殿中に入る。

向かった先は中奥《なかおく》だった。

中奥には将軍の居間として、御休息之間と称する広間が設けられている。吉宗はその御休息之間ではなく、裏手の一室で意行が来るのを待っていた。

「失礼仕ります」

「入れ」

そう告げられるのを待って、意行は襖に手を掛ける。

小さな部屋であった。

こぢんまりとした座敷には黒塗りの箪笥《たんす》と、書見台《しょけん》を兼ねた小机しか置かれていない。吉宗は小机に向かい、何やら書き付けに目を通している最中だった。

「大儀であったの」

「いえ」

労《ねぎら》いの言葉を与えられるや、意行は謹厳に一礼する。

「許せ。非番と承知で呼び出したは、小姓の務めとは別の用向きじゃ」

「承知しております」

心得た様子で、意行は答えた。

辺りには人払いが為されている。吉宗は他の小姓たちに対し、この御用之間と称する小部屋はむろんのこと、隣接する御休息之間にも余人を立ち入らせぬように命じてあった。

「田沼……」

吉宗は声を低めて告げてきた。

二人きりと承知の上で、慎重な上にも慎重な態度を取るのには理由がある。

切り出したのは、ゆめゆめ余人には聞かれてはならない話だったのだ。

「こたびもまた、おぬしと配下の者共に破邪《はじゃ》の刃《やいば》を振るうてもらいたい」

「御意」

答える意行の声は、あくまで凛《りん》としたものだった。

三

吉宗は昨年、八代将軍の座に就いたばかりである。

まだ、江戸市中のすべてを把握できているわけではなかった。

城中については紀州以来の近臣である御側御用取次の三人が常に目を光らせてくれているが、さすがに市井のことまでは判りかねる。

そこで吉宗は腹心の田沼意行を頭目とする、闇の集団を結成させたのだ。

鴨井芹之介、そして白羽兵四郎の三名から成る一党の使命は、この江都にはびこる悪を人知れず成敗することだった。

意行は居合《いあい》と小太刀術の、芹之介は野太刀術の手練《てだれ》である。

そこに紀州忍群《にんぐん》の流れを汲んだ忍びの末裔《まつえい》である兵四郎を加えた、特命部隊が組織されたのだ。

三人は昨年来、吉宗の命により幾多の悪人を始末してきた。

そして今、新たなる密命が下されようとしているのだ。

「対手《あいて》は、付け火を働きし輩《やから》ぞ」

「付け火……」

「左太夫《さたゆう》が寄越した調べ書きじゃ」

と、吉宗は小机の上に拡げていた書き付けを取る。

意行は一礼し、両手を挙げて押し頂く。

吉宗が頷《うなず》くのを待って、記された文面に目を通す。

「これは……」

「火薬を用いてのことであるらしい。導火線の燃え残りらしきものが見付かったそうじゃ」

書き付けの内容は驚くべきことだった。

かねてより吉宗は田付四郎兵衛直久《たつきしろべえなおひさ》と井上《いのうえ》左太夫正房《まさふさ》の両名に火事跡御見回役を申し付け、出火の原因究明に当たらせていた。

その結果、小石川馬場と牛込赤坂の両所からの出火は、いずれも何者かによる付け火（放火）と見なされたのだ。

田付と井上は鉄砲方《かた》を束ねる大身旗本である。専門知識を駆使し、一連の火事騒ぎの原因を早々に突き止めたのはさすがと言えよう。

だが、さすがに下手人を割り出すまでには至っていないらしい。そこで意行に密命が下されたのだ。

「何者であろうと遠慮は無用ぞ、田沼」

「は」

「すでに藪田《やぶた》が探索を始めておる。報を受けし上は速やかに、慮外者《りよがいもの》を討て」

命じる口調は、あくまで落ち着いていた。

本来ならば下手人を捕えた上は素性を明らかにし、公に仕置《しおき》（処刑）するべきなのであろう。

だが、打ち続いた火事の原因が付け火だったと知れれば、世間に動揺を与えるのは必定だった。せっかく復興しつつあるというのに、江戸市中に無用の混乱を招くことにもなりかねない。

災害だったのならば、まだ諦めも付く。

しかし故意の放火により、身内の生命《いのち》と家財を空《むな》しくされてしまったとなれば市中の民《たみ》が抱く怒りは計り知れないことだろう。

吉宗が下手人を人知れず闇に葬れと命じたのも、江都の安寧《あんねい》を護《まも》らんと一途に願えばこそなのだ。

拝命する意行は、かかる主君の真意を承知していた。

「謹んで務めさせていただきまする」

答える声色《こわいろ》も吉宗のそれと同じく、冷静なものであった。

四

中奥から退出した意行は、城外の吹上御庭《ふきあげおにわ》に出た。

西丸の西側一帯を占める十三万余坪の広大な御庭は、四季折々の花々で城中の皆の目を楽しませるだけでなく、有事の防火帯を兼ねていた。

過日の火事で本丸にさしたる被害が出なかったのもこの御庭と、付設する吹上郭《くるわ》があればこそだったのだ。

秀麗な双眸《そうぼう》に、大きな郭《くるわ》が映じた。

本丸の四倍近い規模を誇る、吹上郭だ。この城郭《じょうかく》も御庭と同様、江戸城の本丸へ火の手を及ばせぬために設置されているのである。

(儂《わし》も同じようなものか。上様の御盾《みたて》となりて生きる身だからの)

意行は自嘲まじりに、胸の内でつぶやく。

(だが、これも我が田沼の家を盛り立てるため……)

この男が危険きわまりない密命を奉じて、一小姓の立場を越えた影の御用に就いているのは、吉宗に忠義を尽くすためだけではない。

むろん、一足軽から紀州藩士に抜擢してくれたのみならず、江戸表で直参旗本にまで取り立ててもらった恩は計り知れない。しかし、いかに主君の恩恵により一家を立てたからといって、いつまでも存続し得るものではなかった。

いずれ、田沼夫婦は跡継ぎを成すことになるだろう。

相思相愛の夫婦であれば、当然ながら子は欲しい。それに武家にとって跡継ぎを儲けることは、己《おの》が家名《かめい》と家禄《かろく》を保つために不可欠の務めであった。

だが、たとえ子宝に恵まれたとしても、父親たる意行が影の御用のために命を落としてしまっては元も子もない。

ために意行は吉宗にあらかじめ進言し、自分が落命したときにはわが子を幕臣に取り立ててもらえるように、約束を取り付けてある。

厚かましいと思われるかもしれないが、見返りなき主君には忠義を尽くす価値など有りはしない。それは武士道に照らしても、恥ずべき考えではなかった。

（さて、如何《いか》に仕掛けるか……）

意行が頭を巡らせ始めたとき、御庭の一角から低い声が聞こえてきた。

「久しいの、田沼」

「藪田殿?」

姿を見せたのはお仕着せの野良着姿の、意行と同世代の男だった。

「こたびもまた、難儀な御用を承《うけたまわ》ったようじゃの。おぬしには荷が勝ちすぎるのではないかな」

「……」

意行は無言で視線を上げた。

対する男は身じろぎもせず、その視線を受け止める。

精悍《せいかん》な造作の持ち主だった。

身の丈は、意行より頭ひとつ高い。

上背があるだけでなく、胸板も分厚かった。細身ながら四肢は太く、木綿地の野良着の上からでも、能《よ》く鍛えられた体軀《たいく》の持ち主と見て取れた。

この男の名は藪田定八《さだはち》。八代将軍の座に就いて早々に吉宗が創設させた、御庭番の頭目である。

同じように密命を奉じる立場とはいえ、意行と違って暗殺まで命じられているわけではない。将軍の御耳《おみみ》役として御庭番たちが担っているのは、あくまで探索御用のみのはずだった。

なぜ、自分に難癖を付けてくるのか。

怪訝《けげん》そうな表情を浮かべる意行に男臭い顔を近付けながら、定八は居丈高《いたけだか》に告げてきた。

「先走った真似は致すなよ、おぬし」

「何と申される？」

「付け火をせし處外者の正体を突き止めるお役目は、儂が上様より直々《じきじき》に承りしことぞ。我が手の者が子細を明らかにするまでは、下手に動くな」

「それは承知の上にござる」

気色《けしき》ばみながらも、意行は冷静に言った。

「貴公らが調べ、拙者《せっしゃ》が仕掛ける。常によって、それで大事はあるまい」

「どうかな」

定八は片頬を歪めて嗤《わら》う。

「せっかく良き配下に恵まれておっても、頭領が小姓では格好も付くまいて」

「無礼であろう」

「ほざけ」

意行が返されたのは、ただの一言だった。

それ以上は何も言わず、定八は背中を向けて去っていく。

狷介《けんかい》そのものの素振りである。

だが、意行は後を追おうとはしなかった。

定八が自分に対して敵愾心《てきがいしん》を抱くのも、無理からぬことではあった。

吉宗は紀州藩主だった当時、薬込役《くすりこめやく》と称する直属の隠密集団を擁していた。

薬とは鉄砲用の火薬のことである。吉宗は薬込役に御手筒《おてづつ》と称する専用の鉄砲の手入れのみならず、身辺警護や探索の御用まで命じていた。そして八代将軍の座に就いたのに伴い、子飼いの薬込役を公儀隠密として抜擢したのだ。

中でも藪田定八は紀州忍群の名家の末裔であり、忍びの術も超一流として家中で評判の男だった。その矜持《きょうじ》ゆえに、足軽上がりの田沼意行が自分と同様に重く用いられているのが面白くないのであろう。

とはいえ、吉宗から命じられた役目を疎《おろそ》かにするような手合いではない。意に染まぬことであろうとも、必ずや全うしてくれるはずだった。

（それで良い）

御用とは何であれ、己独《おのれひと》りで為し得るものではない。

意行は自分が受けた侮辱《ぶじょく》などきれいに忘れ、定八の探索の首尾を待とうと心に決めていた。

五

探索を開始したのは、藪田家の家士《かし》たちだった。

藪田定八は役目上の配下である御庭番衆とは別に、子飼いの家来衆を抱えている。腕に覚えの、頼もしい五名の猛者《もさ》である。

彼らもまた、隠密として公儀の御用に従事する者なのだ。

どの者も筋骨逞《たくま》しいだけでなく、剣術を学び修めている。それぞれ流派こそ違えど、危険を伴う役目を任せるのにも不足の無い者ばかりだった。

「薬（火薬）を用いての付け火となれば、素人の仕業ではあるまい」

定八はそう判じ、家士たちに下知した。

「まずは花火師、次いで鉄砲方を当たれ」

「では……、畏《おそ》れながら、田付様と井上様も？」

「無論じゃ。薬を扱う者は、すべて疑《うたご》うてかかれい」

一人の家士が問いかけてくるのに、確信を込めて定八は頷いたものだった。

それから数日が過ぎた。

藪田家の家士団が、人気の絶えた町を往《ゆ》く。

今宵《こよい》、出向いた先は本郷だった。

本郷も四丁目の以北は、連続した火事でも被災するに至っていない。板屋根の町家にも瓦葺《かわらぶ》きの武家屋敷にも、火の粉を被った様子はなかった。

中山道《なかせんどう》に沿って広がる町々は静まり返っていた。

江戸の夜は早い。

武家と町家の別を問わず、夕餉《ゆうげ》は遅くとも暮れ六つ半（午後七時）までに済ませてしまい、夜五つ半（午後九時）には床に就く。

むろん吉原遊廓をはじめとする色町は別なのだが、このところ閑古鳥《かんこどり》が鳴いているらしい。これも公儀より発せられた警火令と消防令、そして火盗追捕令が効いているからなのだろう。付け火の下手人と疑われたくなければ、誰も好きこのんで夜間に出歩いたりはしないからだ。

人気《ひとけ》が無ければ、むしろ探索行《こう》には好都合である。

家士団が丹念に調べ廻った結果、小石川馬場と牛込赤坂で相次いで火事が発生した夜に不審な動向を示した者の正体は明らかになりつつあった。

花火師の中に、怪しい者はいなかった。

となれば、鉄砲方を疑わざるを得まい。

幕府の鉄砲方は、百人組と持筒《もちづつ》組に大別される。

百人組は合戦時の戦闘隊であり、持筒組は将軍の鉄砲を管理する役を担う。

ところが内藤新宿界隈《かいわい》に集中している組屋敷に探りを入れたところ、火事騒ぎの当夜に怪しい動きをした様子はなかった。

しかし、鉄砲に関わる役人は彼らだけではない。

御先手《おさきて》組――。

いざ合戦となれば幕府軍の先鋒《せんぽう》を務める、直参旗本でも名誉の職である。その内訳は弓組が八組、鉄砲組が二十組となっていた。

その鉄砲組の頭《かしら》の一人に、不審な点が見出《みいだ》されたのだ。

まだ、主人の定八へ知らせるには及んでいない。

軽輩とはいえ公儀の御用の一端を担っているという自負の下、藪田の家士たちは動かぬ証拠を摑《つか》んだ上で報告に及ぶべく、慎重に動いていたのである。

そして今、五名の家士は不審者の屋敷へ向かおうとしている。

すでに一月も末だった。
月明かりも微《かす》かとなれば、手にした提灯《ちょうちん》だけが頼りであった。
本郷追分《おいわけ》に差しかかったとき、異変は起きた。
「う⁉」
先頭を歩いていた家士が、くぐもった悲鳴を上げた。
足元に落ちた提灯が、めらめらと燃え上がる。
忽然《こつぜん》と現れて凶刃《きょうじん》を振り下ろしたのは、着流しの武士だった。
恰幅の良い、どっしりした腰つきをしている。
四肢も太く逞しいが短軀ではなく、均整の取れた体付きである。
面体《めんてい》は着衣と同色の、黒い布で隠されていた。覆面から覗《のぞ》けて見えているのは
細い、不気味に光る双眸だけであった。
「うぬっ」
「な、何奴か！」
家士たちは一斉に抜刀した。
しかし、対する武士は動じない。
剣呑《けんのん》な光を宿した目を向けてきながら、血塗れた刀を振りかぶる。

踏み込んでくるのと、斬り付けるのはまったくの同時だった。

後世の居合道では、前に出した足を踏み込んでから一瞬の間を置いて刀を振り下ろすのが要諦《ようてい》と言われる。足場を固めた上でなくては確実な一撃を加えることなどは不可能であり、切っ先を軽く当てるだけで人を斬ることはできないと解釈されているからだ。

しかし、黒覆面の武士の斬撃《ざんげき》は踏み込むと同時でありながら、比類無き力強さを備えていた。それは小手先だけでなく、全身の力を余さず載せて刀を振るっていればこそ可能なことであった。

速攻の豪剣に抗する術《すべ》はない。

「うう……」

無念の呻《うめ》きを遺して、最後の一人が崩れ落ちる。

腕に覚えの面々が、ことごとく斬り伏せられてしまったのだ。

黒覆面の武士は、終始無言だった。

血刀に黙々と拭《ぬぐ》いをかけて、納刀《のうとう》する。

姿を消した先は、先手鉄砲組の屋敷が集まる一角だった。

六

翌々日の夜。

中山道を本郷へ向かって歩いていく、一人の武士の姿が見出された。

今宵はお仕着せの野良着姿ではなく、常着《つねぎ》の羽織と袴を着けている。

藪田定八は自ら、江戸市中の探索に赴いたのだ。変わり果てた姿で見付かった五名の家士の葬儀を済ませた上で、弔い合戦に乗り出したのである。

(皆、許せよ……)

胸の内は慚愧《ざんき》の念で一杯だった。

しかし、面《おもて》に顕《あらわ》すわけにはいかない。

定八は御庭番の頭だ。しかも、こたびの探索は彼一人が奉じた密命である。

手塩にかけた家士団を皆殺しにされたからといって怒りに任せ、表立って報復に乗り出すことは憚《はばか》られる。あくまで周囲にひた隠しての行動だった。

討たれた五名は何らかの確証を持って、本郷まで出張《でば》ったに違いない。

日頃から探索には慎重を期するように説いていた定八は、家士たちが憶測だけでは自分への報告に及ぶわけにはいかないと考え、裏付けを取るために動いたのだと判じていた。

(やはり、皆が追っていたのは先手組、か)

すでに花火師が怪しいという線は無くなり、鉄砲方に調べを集中していたとのことだけは定八も聞かされている。

本郷に屋敷を構えていて、銃に精通した役職といえば先手鉄砲組の他に無い。手強い連中であった。

先手組は弓組八組と鉄砲組二十組、合わせて二十八組から成る。

各組を率いる頭は千五百石取りの旗本で、若年寄の支配下に置かれている。そのうちの一名は一年間、もう一名は半年間、加役《かやく》(兼任職)として盗賊改と火付改まで拝命していた。

平時は御城の諸門を警固するだけの閑職だが、先手組は有事には幕府軍の先鋒を務める立場である。いざ合戦となったときに後《おく》れを取らぬよう、配下の与力と同心に厳しい弓鉄砲の調練《ちょうれん》を欠かさぬことで知られていた。なればこそ、凶悪犯を追捕するお役目まで任されているのだ。

まさか現職の火盗改が凶行に及ぶとは考え難い。

それに腕利きの家士団を単独で葬り去ってしまえるほどの遣《つか》い手が、そう幾人もいるはずはなかった。

五名の家士は、どの者も一太刀で斃《たお》されている。

亡骸《なきがら》に残された刀傷は、いずれも判を押したが如き一刀だった。それは彼らが一人の敵に襲われ、手向かう余地もないままに討たれたことを意味していた。

（許さぬ……）

定八の精悍《せいかん》な横顔に、怒りが漲《みなぎ》る。

目星を付けた敵の屋敷は、すぐ間近にまで迫りつつあった。

と、そのとき。

暗闇の向こうから、歩み寄ってくる足音が聞こえてきた。

敢《あ》えて足音を殺さずにいるのは、己が存在を知らせるつもりなのだろうか。

もとより、忍術の修練を積んだ定八は夜目《よめ》が利《き》く。

大胆に接近してきたのは着流しの男だった。

定寸の二刀を落とし差しにしている。

身の丈は、ほぼ定八と同じである。この時代の成人男性としては長身の部類と言えよう。四肢は太く逞しく、胴回りも安定していた。

（できるな）

腰の据わりと足の運びから、定八は即座にそう見て取った。

男は、面体を黒布で覆い隠している。

覆面の下から覗けて見えるのは剣呑な光を宿した、細い双眸のみであった。

「うぬ、締戸番《しめとばん》の藪田だの？」

男は先んじて問うてきた。

締戸番とは、御庭番の公式な呼称である。

何故にこちらの面体のみならず、役職まで知っているのか。

定八が疑念を覚える間もなく、男は居丈高に言葉を続けた。

「手の者を空《むな》しゅうされて、弔い合戦に参ったというところか……」

「何？」

「上様より如何《いか》なる御用を命じられたか存ぜぬが、ちと深入りしすぎたのう」

あくまで余裕の態度だった。

（こやつが！）

定八の歯が、ぎりっと鳴る。

この者こそ可愛い配下たちを葬り去った、憎むべき敵なのだ。

「おのれっ」

怒号を上げるや、鯉口を切る。

応じて、男も速やかに鞘を払った。

漆黒の闇に、激しい金属音が響き渡る。

二条の刀身が、ぎりっと嚙み合う。

剣の技倆《ぎりよう》は互角だった。

しかし、定八は目の前の敵に集中することができなかった。

「む!?」

男の後方から、入り乱れた足音が聞こえてきた。

一群の伏兵が用意されていたのである。

侍たちは頭に鉢金《はちがね》を巻き、革襷《かわだすき》を掛けていた。

どの者も、すでに刀の鞘を払っている。誤って朋輩《ほうばい》を傷付けることのないように抜き身を右肩に担ぎ、切っ先を斜め上に向けていた。

「これまでだの」

合わせた刀を押しこくりながら、男はうそぶく。一対一で正々堂々《せいせいどうどう》と黒白《こくびやく》を付けようなどとは、最初から考えてもいなかったのだ。

このままでは押し包まれ、なぶり殺しにされてしまうことだろう。

定八は歯嚙みしつつ、さっと刀を引いた。

間を置かずに斬りかかってきた巨漢の豪剣を弾き返すや、一散に駆け出す。

ここで斬り死ぬことは許されない。

自分の責は付け火の下手人の正体を突き止め、御上に報じることなのだ。

手前勝手な意地を貫くわけにはいくまい。

無念でも決着が付かぬまま、撤収せざるを得なかった。

七

「逃げ足の速い奴じゃ」

うそぶきつつ、黒覆面の男は鞘を引いて納刀した。

夜の路上に他の人影は無い。

「まさか庭番であったとは思いませなんだ、お頭」

「臆するでない」

侍の一人が問いかけてきたのに対し、男は悠然と答える。

「忍びどもが動き出したところで、我らが後ろ盾は小揺るぎもせぬ。それよりも早《はよ》う、次の付け火の段取りをせえ」

「御意」

侍たちも三々五々、刀を鞘に納めた。

帰途に就く一団は、物陰から一部始終を見届けていた者の存在に、迂闊《うかつ》にも気付いてはいなかった。

「先手組が付け火とはなぁ……世も末だぜ」

呆《あき》れた声でつぶやきながら姿を見せたのは、恰幅の良い武士だった。

鼠《ねずみ》色の袷《あわせ》に墨染《すみぞ》めの袴を着け、黒羽織を重ねている。

深編笠に隠された面体までは窺《うかが》い知れないが、その体付きは、お頭と呼ばれていた黒覆面の男と酷似していた。

「このままにゃ捨て置けまいよ」

つぶやきつつ、足音を潜めて歩き出す。

か細い月明かりの下でもつまずくことなく、歩を進めていく。

一体、何者なのだろうか――？

八

翌日。

「奥へ参れ、田沼」

午前《ひるまえ》の政務が一段落したところで、吉宗は意行を呼び出した。

私用を命じるためではない。他の小姓たちが昼の弁当を遣っている間に、密命の進み具合について話をしようというのだ。

吉宗は将軍職に就いて以来、食事は朝夕の二度だけで済ませている。

庶民の間でも一日三食の習慣が定着して久しいことを考えれば、徹底した節制ぶりである。とはいえ傍《そば》近くに仕える小姓や茶坊主にまで同じ真似をさせたわけではなく、午《ひる》になれば食事と休憩の刻《とき》を与えていた。

そうすれば強いて人払いをせずとも、意行と二人きりになれるのだ。

「おぬしまで、昼飯を抜きにさせて相済まぬ」

「何と仰《おお》せられます」

労う吉宗に、意行は深々と一礼する。

「畏《おそ》れながら、地にあって乱を忘れぬは武士の務めと心得おりますれば……平素より日に二食を旨《むね》としておりまする」

「感心だの」

満足げに頷くや、吉宗はおもむろに表情を引き締めた。

「して、藪田の話は聞いておるか」

「は……」

「単身にて赴き、慮外者と抜き合わせたそうじゃ」

「真実《まこと》でありますか」

「手勢を引き連れ、藪田が現れるのを待ち伏せておったらしい」

「ご無事だったのですか⁉」

「無論じゃ」

「それは何より……」

意行は安堵《あんど》の吐息を漏らした。

どれほどの強敵と対決したのかは定かでないが、定八が返り討ちにされずに済んだのは幸いだった。心底から、そう思っていた。

そんな意行の心中を知ってか知らずか、吉宗は淡々と続けて言った。

「慮外者は本郷界隈《かいわい》に住まい居《お》るらしい」

「本郷、でありますか」

「配下と思《おぼ》しき侍どもから、お頭と呼ばれておったそうじゃ」

「お頭……」

「小なりとは申せど家来持ちならば殿、であろう。斯様《かよう》に呼び習わせる者で本郷に屋敷を構えておる者となれば、自ずと素性は絞られようぞ」

「御意」

意行は深々と頭を下げた。

吉宗直々の示唆《しさ》を受けた上は、速やかに探索に乗り出すつもりであった。

九

本丸から退出した意行は、吹上御庭に向かった。

藪田定八は黙々と、椿の手入れをしている。台徳院《だいとくいん》こと二代秀忠公がこよなく好んだことから、御庭の至るところに植えられている花だ。

一月末——陽暦で三月上旬を迎えた椿は、色鮮やかに咲いている。それは冬の最中も世話を怠らずにいた定八たち御庭番の努力の賜物だった。

定八が、ふっと顔を上げた。

「失礼いたす」

歩み寄った意行は、並んでしゃがみ込む。

「見事なものですな」

「田沼……」

「何も申されるな、藪田殿」

意行の表情に、相手を軽んじる色など微塵《みじん》も差してはいなかった。

十

その夜。

闇に包まれた中山道を往《い》く、長身の孤影が見出された。

意行の命を受けた白羽兵四郎である。

兵四郎は着流し姿だった。

夜の江戸市中へ探索に出向くからには、若党の形《なり》というわけにはいかない。先だって木場の太丸屋を訪ねたときと同じ、着流し姿であった。

それでも、左腰には大脇差を落とし込んでいた。

これは、御法に触れることではない。刀身が二尺（約六十センチメートル）に満たぬ脇差である限り、町人体《てい》で差して歩いていてもお構いなしなのだ。

定八に苦戦を強いた対手《あいて》となれば、相応の備えが必要であろう。そう判じればこそのことであった。

（藪田様を寄せ付けぬ奴となれば、侮《あなど》れぬ）

兵四郎は、定八の腕の程を承知している。

また、尊敬に値する人物だとも見なしていた。

意行と張り合うあたりは些《いささ》か大人げないところだが、惨殺された配下の無念を晴らすべく自ら敵の素性を探りに乗り出したというのは、目下の立場として感服せずにはいられない。

それに定八は折に触れて自分を口説き、配下に加われと望んできている。田沼夫婦に忠義を尽くす身として首肯《しゅこう》できるはずもあるまいが、余人から評価されるというのは悪い気分ではなかった。

むろん、不快な手合いから褒《ほ》められたところで嬉しいはずもない。

兵四郎もまた、定八のことを憎からず思っていたのである。

（あの御方のためにもなるからには、手は抜けないな）

改めて気持ちを引き締めつつ、歩を進めていく。

大路の両側には武家地が広がっていた。

とりわけ目立つのは加賀百万石の藩邸だが、それ以外にも大小の武家屋敷が集まっている。

二度の刃傷《にんじょう》沙汰が起こった場所は、すぐそこまで迫っていた。

敵も、まさか三度までも探りを入れてくるとは考えてはいるまい。その油断を兵四郎は突こうと考えていた。

あらかじめ、意行からは推量を聞かされていた。

本郷に屋敷を持ち、家来衆から職制上「お頭」と呼ばれている武士となれば、御先手組と見なして間違いはあるまい。

それも火薬の扱いに慣れているからには、御先手組の中でも鉄砲組だろう。

二十名の鉄砲頭の中でも、あの藪田定八と実力が伯仲するほどの剣の手練《てだれ》は自ずと限られていた。

今、兵四郎はその疑わしき者の屋敷へ向かっている。

まずは表に張り込んで様子を窺い、可能ならば今夜早々に忍び込んで、付け火の動かぬ証拠を探すつもりであった。

漆黒の闇の中、兵四郎は黙然《もくねん》と歩き続ける。

（む……？）

前方から、影がひとつ伸びてきた。

提灯《ちょうちん》を手にしていたのは恰幅の良い武士だった。

こちらも着流し姿で、定寸の二刀を落とし差しにしている。

面体は、黒布で覆い隠されている。

覗けて見えるのは、黒目がちの双眸だけである。

胡乱《うろん》な装いは主君の意行が定八から子細に聞き出してくれた、黒覆面の手練に間違いなかった。

あの男こそが、目指す敵なのだ。

そう思い定めたとたん、だだだっと兵四郎は駆け出す。

走りながら鯉口を切る。

鞘を水平に払って抜刀し、刀身を八双《はっそう》に取る。

覆面の男も立ち止まったままではいなかった。

さっと提灯を放り出すや、両の手を左腰へと奔《はし》らせる。

鞘走らせた刀身で男が上体をかばう体勢を作ったのと、兵四郎が斬りかかったのは、まったくの同時だった。

二条の刃が激突する。

「む!?」

兵四郎がつんのめった。

足払いを喰らわされたわけではない。覆面の男は受け止めた瞬間に刀身を斜《はす》にして兵四郎の大脇差を擦《す》り落とし、斬撃の勢いを一瞬にして無力化したのだ。

全力で見舞った打ち込みを外されたとなれば、こちらの体が勢い余って、前にのめってしまったのも無理はあるまい。

受け流しと称される、剣術の防御法の一手である。

瞬時の妙技に、見事にしてやられたのだ。

「くそっ」

辛うじて兵四郎は踏みとどまる。

そのときにはもう、対手の姿は数間《けん》先に走り去ってしまっていた。

逃げ去る動きは機敏そのものだった。

その気になれば受け流してから間《ま》を置かず、反撃の一刀を浴びせてくることもできたはずである。にも拘《かか》わらず、敢えて勝負を避けたのだ。

あの男、一体何者なのか――？

困惑する兵四郎の視線の向こうを、黒覆面の手練は抜き身を引っ担いだままの格好で駆け去っていくのだった。

十一

それから小半刻（三十分）後。

難を逃れた武士は御城下まで辿り着いていた。

「ふう……ふう……」

あれから休むことなく、一散に駆け続けてきたのだろう。覆面の下から漏れる息は荒かった。

それでも刀だけは、走りながら鞘に納めてきたらしい。

鍔元を添えた左手で少々持ち上げるようにし、腰にかかる重さを軽減しながら駆けることも忘れてはいなかった。

とある武家屋敷の前まで来たところで、ようやっと立ち止まる。

ふらつきながらも両の足を踏み締め、覆面を取り去る。

下から現れたのは、柔和《にゅうわ》そのものの造作だった。

面長だが顎がまるく、頬もぽっちゃりしている。

生後三月《みつき》ばかりの赤ん坊を思わせる、福々しい顔立ちである。見るからに頑健そうな体軀とは甚《はなは》だ不釣り合いな、可愛らしいと言ってもいい童顔であった。

「あの若いの……ただの鼠じゃあるめぇよ……」

荒い息をつきながら、男はつぶやく。

「藪田か田沼か……どっちの手の者かは定かじゃねぇが……恐ろしい腕っこきを使っていやがるぜぇ」

口調こそ伝法《でんぽう》そのものだが、疲れ切っているのは間違いない。

一瞬の攻防で、兵四郎はこの男に確かな手ごたえを感じさせたようだった。

と、屋敷の門内からざわつく声が聞こえてきた。

どうやら、中の者が気付いたらしい。

開かれたのは脇の潜《くぐ》り戸《ど》ではなく、堂々たる構えの表門だった。

「お奉行！」

飛び出してきた侍が、心配そうに呼びかけてくる。その後方には、幾人もの侍と中間が案じ顔で控えていた。

「大事ない……」

男は息を整えつつ、鷹揚《おうよう》に答えた。

「夜歩きをしておったら物盗りらしい者と行き会《お》うたのだ。久方ぶりに戻ってみれば、江戸も物騒になったものだのう」

「物盗りですと!?」

「案じるには及ばぬ。ほんの一合《ごう》、刃《やいば》を交えただけであちらから逃げ出しおったからのう」

「さすがはお奉行……とまれ、ご無事で何よりにございました」

「相分かった。向後《こうご》は気を付けようぞ」

「そのように願い上げまする」

中年の侍は、謹厳な口調で言った。

「お奉行の御身《おんみ》は、お一人だけのものではありませぬ。軽はずみな真似は何卒お慎みくださいますよう、重ねて願い上げまする」

「心得た」

苦笑しながら、鞘ぐるみのまま腰間《ようかん》から抜いた刀を手渡す。

表門が大きく押し開かれた。

安堵した様子の家来たちに付き添われ、男は悠然と屋敷内に入っていく。

兵四郎が戦った男の正体は、憎むべき凶剣士ではなかったのだ。

大岡能登守忠相《おおおかのとのかみただすけ》、四十一歳。

千九百二十石を拝領する忠相は後に越前守《えちぜんのかみ》と称することになる大身旗本の当

主であり、昨年に徳川吉宗の八代将軍就任より先んじて、江戸市中での土木工事を司る普請《ふしん》奉行となった人物だ。

かつて忠相は伊勢・和歌山一帯の天領を管理する山田《やまだ》奉行を務めており、紀州藩主だった頃の吉宗とも面識を持っていた。普請奉行となったのはあくまで実力を評価されてのことだったが、吉宗に高く買われていたのも事実である。

吉宗はかねてより、忠相を町奉行に据えたいと切望していた。

むろん諸奉行の人事は幕閣内で決定されることであり、忠相当人の意志などは二の次なのだが、吉宗は折に触れては忠相を呼び出し、自分の片腕となって江戸の市政と治安維持に力を尽くしてほしいと頼み込んでいたのである。

そこに降って湧いたのが、連日の火事騒ぎだった。

付け火の疑いが濃厚と聞かされた忠相が自ら吉宗に願い出て、火事跡御見回役や御庭番とは別行動で、市中を忍び歩き始めたのには理由がある。

こたびの一件で自分に納得のいく調べができたときこそ、町奉行職を全うすることも叶うはず。そのときには自信を持って拝命させていただきます——と約束したのだ。その単独での探索行《こう》の過程で図らずも知ったのが藪田定八と、白羽兵四郎の存在だったのである。

それだけではない。

付け火の下手人たる鉄砲頭についても、忠相は見当を付けていた。

十二

翌日の午下《ひる》がり。

「おぬしも、か?」

「藪田殿?」

藪田定八と田沼意行は、互いに驚いた声を上げた。

まさか、共に普請奉行の役宅に招かれていたとは思ってもいなかったのだ。

「お出でなすったな、ご両人」

奥から出てきた忠相は、寛《くつろ》いだ着流し姿だった。

人払いをしたらしく、玄関に家来たちの姿は見当たらない。

「お初にお目にかかります」

意行は式台《しきだい》に端座するや、謹厳そのものの面持ちで平伏する。

一方の定八は無礼と承知の上で立ったまま、不可解な表情を浮かべている。

「成る程。さすが締戸番の頭領ともなれば、いい面構《つらがま》えをしているもんだね」

対する忠相は咎《とが》めるでもなく、福々しい顔を綻《ほころ》ばせた。

大身旗本の当主らしからぬ伝法な口調といい、時を同じくして二人を招いたのといい、胡乱なことばかりだった。

「まぁ、そう怖い顔をしなさんな」

微笑みを絶やさぬまま、忠相は袂に左手を差し入れた。

取り出した黒布を、くるくると顔に巻き付ける。

「む！」

思わず呻くや、定八は刀の柄に手を伸ばす。

刹那、鋭い一声が飛んだ。

「慌てるんじゃねぇ！」

鯉口を切りかけたまま、定八は凍り付く。覆面越しに発せられた忠相の気合いにより、完全に機先を制されたのだ。

「まぁ、俺の話を聞いてくんな。荒事《あらごと》はそれからでも遅くはあるめぇ」

黒布を外した忠相の顔には先程と変わらぬ、柔和な笑みが差していた。

二人を奥座敷に誘った忠相は、一部始終を語った。

「されば、お奉行には御自《おん》ら探索行《こう》に……？」

意行は信じ難い様子で言った。

「上様に無理を申し上げてなぁ、年甲斐もなく張り切っちまった」

面映《おもは》ゆそうに、忠相は己が頰を撫《な》でている。

たしかに齢こそ二人より上だったが、先程の気合いといい、武芸の心得は相当なものに違いない。

「面目次第もございません」

定八は恥じ入った様子で叩頭《こうとう》する。

誤解してのこととはいえ、吉宗が一目も二目も置いている人物に刃を向けようとしたのを、心より悔いているのだ。

「こっちも謝るぜ。お前さんが斬られそうになったとき、俺ぁすぐ近くにいながら連中に気取《けど》られまいとして助太刀に入《へえ》らなかったんだからな……」

応じて、忠相も深々と頭を下げる。

ともあれ、これですべては水に流れた。改めて協力し合い、事に当たることもできるというものだ。

三人は膝を交えて語り合った。

「俺が動いたのも上様の御為にってえことだけじゃねぇのさ。町方の役目を承る前《めえ》に、普請奉行として最後の務めってやつを果たしたくてなぁ」

「お奉行」

「付け火野郎は町の衆に難儀をさせやがっただけじゃねぇ。火の手はよぉ、俺が上様からお預かりしてる諸方の橋から、公儀の御用邸にまで及んでいるんだ」

「……」

「できることなら、俺がこの手でやっちまいてぇとこなんだが……これから御法の番をしようって身で滅多やたらと刀ぁ抜けねぇ。お前さん方に任せるより他にないってわけさね」

　忠相は福々しい顔を引き締め、伝法な口調ながらも真摯《しんし》に語り続けている。

　意行と定八も、真剣な面持ちで耳を傾けていた。

「ま、あんだけ頼もしい手下《てか》がいるんなら大事《でえじ》はあるめぇよ」

「手下、にございますか？」

「どちらさんの子飼いかはしらねぇが、若いのに大《てえ》した腕っこきだぜ。もう一歩のとこで俺ぁお陀仏になるとこだったよ。ははは……」

　忠相は豪快に笑い飛ばす。

兵四郎のことを言っているのだと、二人は同時に気付いていた。

十三

意行一党と御庭番衆は、平素は張り合う同士である。

しかし、こたびばかりは違う。

これから町奉行となる大岡忠相に協力するべく、手を組んだのだ。

となれば、配下の皆も力を尽くさなくてはならない。

意行は田沼屋敷に急ぎ戻るや芹之介と兵四郎を呼び寄せ、子細を伝えた。

屋敷奥の座敷には誰も近付かぬよう、辰を通じて奉公人の皆に命じてあった。

意行たちが影の御用を務めていることは奉公人たちはむろんのこと、愛妻の辰にさえ伏せていることなのだ。

「成る程のう。大岡殿とは、たいした御仁《ごじん》じゃな」

話を聞き終えるや、芹之介は深々と頷いた。

「左様」

生真面目な顔で、意行は言葉を続ける。

「お奉行のご助勢により、敵の正体も明らかになったのだ。あの御方ならば必ずや、江都の表の護りを全うしてくださることだろうよ」

「拙者《せっしゃ》もそう思います」

兵四郎がおもむろに口を開いた。

忠相を付け火の下手人と見誤り、刃を向けたことについては、すでに意行から小言をたっぷりと頂戴した後である。それで反省の意を示すため、意行と芹之介がひとしきり言葉を交わし終えるまでは沈黙を保っていたのだ。

しかし、語る内容は今や自信をすっかり取り戻していた。

「大岡様には心置きなく町奉行となっていただけますよう、心して露《つゆ》払いに取りかかりましょうぞ」

「こいつ、味なことを言う」

芹之介がにやりと笑った。

「されば、最後の仕上げと参ろうか……」

十四

その夜から、鴨井芹之介は本郷に張り込んだ。

付け火の下手人と目《もく》された先手鉄砲頭が幾人の家士を抱えているのか、実地に確かめに赴いたのだ。

わざわざ忍び込まずとも朝夕の出入りを見張り、用事で表へ出てくる奉公人に聞き込みをすれば自ずと中の様子は分かってくる。

「呆れたものだな……」

調べを終えたとき、芹之介は思わずつぶやいていた。

弓組であれ鉄砲組であれ、先手組は六騎から十騎の与力、三十人から五十人の同心を一組ごとに抱えている。この者たちが戦時には弓・鉄砲隊となり、盗賊改や火付改を仰せつかったときには凶悪犯の捕縛に従事するのである。

規定通りでも大所帯なのだが、件《くだん》の鉄砲頭は与力を六騎のみに抑える代わりに同心を定員の倍に近い、八十人余りも召し抱えていた。

屋敷の当主は高木軍平《たかぎぐんぺい》、三十八歳。

先手鉄砲頭を代々務める、千五百石取りの大身旗本である。

何者かの意を汲んだ軍平は配下の与力・同心衆を走狗《そうく》として付け火を行わせたのみならず、自らも手練の剣を振るって藪田の家士たちを葬り去ったのだ。

修めた剣の流儀は東軍流《とうぐん》。かの大石内蔵助良雄《おおいしくらのすけよしお》をはじめとする、赤穂四十七義士のうちの幾人かが学んでいたことでも知られる流派だ。のみならず軍平は学問にも精進し、昌平坂《しょうへいざか》学問所でも相応の成績を収めている。

紀州の貧乏郷士《ごうし》の倅に生まれ、立身出世を望んで出奔しながらも幾十年と浪々の暮らしを余儀なくされたあげくの果てに、江戸の裏長屋に住み着いて諦観《ていかん》するに至った鴨井芹之介とは、まるで逆の人生であった。

一体何を血迷って、付け火の大罪に及んだのだろうか。

「勿体《もったい》なきことだのう」

慨嘆《がいたん》しながらも、芹之介は落ち着きを取り戻していた。

どれほど嘆いたところで、目の前の現実を認めぬわけにはいかなかった。

いかに家柄も素養も申し分のない人物であろうとも、罪を犯したからには裁きを受けさせなくてはならない。

その裁きを公に下すのが憚《はばか》られるとなれば、闇に葬るより他にあるまい。

十五

一方の兵四郎は夜陰《やいん》に乗じ、屋敷内に忍び込んだ。

裏口までは着流し姿で近付き、下に着込んでいた忍び装束に改めたのだ。

芹之介に表の調べを任せた上で今一つ、自分にしかできない仕掛けをしようと目論んでいるのである。

兵四郎が潜入したのは蔵だった。

ぎっしりと収められた鉄砲を一挺ずつ取り出し、火縄を切断していく。

銃身に詰め物をして暴発させることも考えたが、八十人余りの同心に行き渡るだけの数ともなれば、細工する手間がかかりすぎる。しころ——携帯用の小型鋸《のこ》で火縄を次々に断っていくほうが遥かに容易《たやす》く、確実な手であった。

(銃が遣えぬとなれば、我ら一党で十分に相手取れる)

大胆な考えだった。

与力と同心を合わせれば、総勢で九十人には達する。

三対九十の戦いを、いかにして制するつもりなのだろうか。

十六

段取りが済んだ翌日の午前《ひる》。

宿直《とのい》明けで下城した田沼意行は、芹之介と兵四郎から報告を受けるに及んだ。

「左様であったか……」

意行は存外に冷静だった。

敵の総数を知るに及びながら、些《いささ》かも動じていない。

しかも、多勢相手の戦いになることをあらかじめ承知していたかの如く、行き届いた手配を済ませてくれていた。

「上様よりお許しを頂戴して参った。高木軍平に不審の儀これ有り、上意により取り調べに及ぶゆえ、たとえ高木が手向かいに及ぼうとも、辺りに住まい居《お》る者はゆめゆめ手出し無用……とな」

と、手にした書き付けを拡げてみせる。

そこには墨痕《ぼっこん》も鮮やかに、意行が口にした通りの内容が吉宗の花押《かおう》入りで認《したた》められていた。

上意、つまり主君の意向が記された書き付けを目にするとき、もしくは内容を読み聞かせられるときには、平伏するのが常である。書状は主君その人の存在に等しいものと見なされるからだ。

しかし芹之介も兵四郎も、昂然《こうぜん》と頭を上げたままだった。

意行も咎めようとはしなかった。この書状は自分たちが戦いやすくするための段取りであり、事が済んだ上は焼き捨てることになっているのだ。

高木軍平が上意の書状一通で反省して自裁《じさい》、つまり自ら腹を切って罪を認めるような殊勝な手合いだとは、吉宗も最初から考えていない。

上意により本郷界隈に住まう諸大名や直参の動きを封じ、孤立無援にした上で軍平と配下の鉄砲組を殲滅《せんめつ》する。斯様な思惑の下に出された上意の、高木邸への通達者として書き付けに明記されていたのは、普請奉行の名前であった。

「大岡殿に来てもらうのかい？」

「まさか」

目を丸くする芹之介に、意行は生真面目な口調で答えた。

「お奉行の名代《みようだい》として罷《まか》り越すのが、この私というわけだ。むろん、我らが仕損じれば責を問われることになろうがの……委細ご承知の上ぞ」

「肝《きも》の太いこったな。それでこそ、町奉行にもふさわしかろうよ」

思わず芹之介は感心した声を上げた。

いざとなれば自分が腹を切らなくてはならないと知った上で、大岡忠相は名義《めいぎ》貸《が》しをしてくれたのである。

豪胆な決断に報いるためにも、確実に事を成し遂げなくてはなるまい。

「とまれ、これで派手にやってもお構いなしってわけだなぁ」

芹之介がうそぶく傍《かたわ》らで、兵四郎は不敵な笑みを浮かべていた。

「左様」

意行は淡々と言い添える。

「高木は早《はよ》うに妻女を亡くし、後添えも貰《もろ》うておらぬそうだ」

「では、子も？」

「おらぬ」

「それは重畳《ちょうじょう》……」

芹之介は深々と頷いた。

「悪党とは申せど、妻子を巻き添えにしてしもうては寝覚めが悪いからの。では屋敷内《うち》の可愛い女中たちも、早々に逃がすとするか」

「気取《けど》られぬように、そうできるのか？」

「屋敷内《うち》に探りを入れるとき、顔見知りになったのでな……」

「成る程な」

意行は微笑んだ。

この芹之介、ごつい面相の持ち主ながら弁《べん》が立つ。とりわけ女子どもから信用されやすいという特技を備えているのだ。

「されば今宵、また会おうぞ」

「承知した」


鞘ぐるみの大太刀を引っ提げ、ずいと芹之介が腰を上げる。

兵四郎も意行に一礼し、自室へと下がっていく。

今夜の決戦に向けて、更なる支度が必要だった。

十七

日が暮れた頃、鴨井芹之介は再び田沼屋敷に戻ってきた。

本郷の高木屋敷にはあれからすぐに足を運び、御上の手が入るという話を密《ひそ》かに女中たちへ伝えてきてある。

よくよく聞けば、高木軍平の許には先手組でも質《たち》の悪い与力と同心ばかりが集まっているという。どの女中も望まぬ夜這いをかけられたり尻を触られたりと、ろくな目に遭《あ》っていないらしかった。

ならば奉公先を替える時期を待つまでもあるまいと芹之介は吹き込み、当座の暮らしが立つようにと金子《きんす》を握らせることも忘れなかった。

影の御用に必要な費《つい》えは、必要なだけ意行に用意してもらえる。女中の頭数に見合ったぶんだけ預かってきた銭を芹之介は惜しみなく渡してきた。

かくして本郷から取って返したその足で湯屋《ゆうや》と髪結床《かみゆいどこ》に立ち寄り、さっぱりとして長屋に戻ってきたのだ。

とはいえ、軽快に動けるように草鞋《わらじ》で足拵《ごしら》えをした他は、いつもの古びた袷と袴のままという装いだった。それでも褌《ふんどし》だけはおろし立てのものなので、もしも敵陣で屍《しかばね》を晒《さら》す羽目になったとしても恥じることはない。

出がけに湯漬けを一杯啜《すす》ってきたので腹拵えは十分だ。これから刀を振るおうというときの飯の量は、茶碗一膳にとどめるのが肝要と心得ている。

「さて……こたびは生きて戻れるかのう」

懐手を解いた芹之介は、飄然《ひょうぜん》と田沼屋敷の門を潜っていくのであった。

十八

兵四郎は自室に引きこもり、淡々と身支度をしていた。

戦いに必要な備えはすでに整い、傍らの背負袋に収められている。

褌一丁になった兵四郎は、両の腕に籠手《こて》を着けていく。後世の剣道で使用する防具にも似た、半籠手と呼ばれるものだ。

側面には櫃《ひっ》――溝《みぞ》状の収納部が幾筋も設けられている。

その櫃に一本ずつ仕込んでいたのは馬針《ばしん》だった。書いて字の如く、本来は疲弊《ひへい》した馬の脚を瀉血《しゃけつ》するために用いられる両刃の小刀《こがたな》である。一見すると武士が脇差の鞘の櫃に収めて携行する小柄《こづか》とそっくりだが、片刃である上に嵌《は》め込み式の握りの部分に華美な象嵌《ぞうがん》が施された小柄とは違って、馬針は一切の装飾を排した、武骨そのものの外見を成していた。

鉄製の刃は握りと一体になっており、とても調子（バランス）が良い。兵四郎が得意とする手裏剣術に供するのにも、申し分のない得物であった。

片腕に五本ずつ、合わせて十本の馬針を仕込み終えた兵四郎は、隅に置かれた乱れ箱を引き寄せる。

漆塗りの乱れ箱の中には、辰が手ずから洗い張りをしてくれた茶染めの筒袖と細身の馬乗り袴が折り目正しく畳まれていた。

「有難く使わせていただきます、奥様」

感謝のつぶやきを漏らしながら、兵四郎は筒袖を広げる。

鎖帷子《くさりかたびら》は敢えて着用しなかった。

敵の鉄砲に一通り細工をしてきたとはいえ、予備の銃を持ち出される可能性も皆無とは言えまい。

そのときは主君の意行の前に身を投げ出し、盾とならなくてはならない立場の兵四郎だった。しかし、なまじ鎖帷子を着込んでいる上から銃弾を受けてしまうと鉄鎖が千切《ちぎ》れて骨まで食い込み、かえって傷を深くしかねない。ならば軽装に徹して素早く動き回り、敵を攪乱《かくらん》したほうが遥かに勝機を見出し得ることだろう。十歳のときに亡くなった祖父が折に触れて聞かせてくれた乱世の昔話から、兵四郎はそう学んでいたのである。

無駄死にするわけにはいかない。

大恩ある田沼夫婦のために、そして己自身のために——。

十九

二人が参集するのを、意行は奥座敷で待っていた。

こちらは、すでに身支度を整え終えている。

袷の下には紙衣《かみこ》を着込み、敵の刃を通りにくくする備えをすることを忘れてはいない。脚を剝《む》き出しにして傷付けられぬため、袴の股立《ももだ》ちは敢えて取らずに裾を垂らしていた。袷の両袖をたくし上げた革襷は、敵陣に乗り込むまでは表から見えぬように羽織で隠してある。

まずは兵四郎、続いて芹之介が入ってきた。

「参るぞ」

一声告げると同時に、意行は立ち上がった。

配下の二人も、無言のまま腰を上げる。自分たちの頭領たる意行に全幅の信頼を寄せていればこそ、微塵《みじん》も臆してなどはいなかった。

二十

晦日《みそか》の夜空に月は見えない。

闇の中を突き進み、田沼一党は本郷の高木屋敷に乗り込んだ。

兵四郎は身軽に塀を乗り越え、潜り戸を押し開ける。門脇の番所に詰めていた中間たちに当て身を喰らわせ、悶絶《もんぜつ》させることも忘れなかった。

草鞋履きのまま玄関に上る。

最初に気付いたのは、宿直《とのい》の同心だった。

「狼藉者《ろうぜきもの》じゃ！　出合《であ》え、出合えー！」

すかさず抜刀した一群の同心を、兵四郎は迎え撃つ。

闇を裂いて馬針が飛んだ。

「うう!?」

「ぐわっ」

誰一人として、兵四郎の放つ馬針を弾《はじ》き返すことはできない。一撃必殺の刃を見舞われ、ことごとく倒れ伏すばかりであった。

「騒ぐでない！」

広々とした玄関で仁王立ちになった意行は、さっと上意の書状を拡げる。

「各々方《おのおのがた》が仕えし高木氏《うじ》に不審の儀あり！　付け火の悪業に及びし疑いにて推参せし次第であるぞっ。刃向かわば罪を認めしものと見なす！」

だが、現れた高木軍平は勧告に従おうとはしなかった。

「笑止《しょうし》……」

恰幅の良い体軀にまとっているのは、白無垢《しろむく》の寝間着のみだった。

板敷きの床を素足で踏み締め、憎々しげに意行を睨《ね》め付ける。

「うぬは上様お付きの小姓であろう。斯様な下郎《げろう》が御上意の使者とは、笑止千万であろうぞ」

「ほざけ」

小揺るぎもせずに軍平の視線を受け止めつつ、意行は敢然と言い放った。

「御上意は自裁を求むるものに非ず。江都の安寧《あんねい》を脅かせし慮外者に仕置を下す送り状と心得よ」

「何ぃ」

歯を剝く軍平を尻目に、意行は居並ぶ同心たちに声高く宣した。

「手向かう者は斬り尽くす。されど、主君を慮外者と見なして退散するならば罪には問わぬぞ」

しかし、温情を込めた宣告は通じなかった。

「狼藉者めっ」

同心たちを率いる与力の一人が鞘を放り、無二念に斬りかかってくる。

刹那、意行の抜き打ちが胴を薙《な》ぐ。

激闘の幕が切って落とされたのだ。

二十一

疾駆《しっく》する兵四郎の後に、一群の同心が追いすがる。

向かった先は庭だった。

立ち止まるや、兵四郎は背負袋の口を開く。取り出されたのは素焼きの小ぶりな土鍋を重ね、火縄を十文字に巻いた代物《しろもの》だった。

焙烙火矢《ほうろくひや》――忍びの者が使用する爆裂弾である。

多勢との戦いを、たとえ騒ぎになっても差し障りのない場所で行い得るという条件を踏まえた上で用意したのだ。

胴火《どうび》（携帯火種）で点火するや、ぶわっと投じる。

一瞬の間を置いて、激しい爆発音が巻き起こった。

たちまちのうちに十名余りの悪同心が葬り去られたのだった。


「つ、筒持てい」

意行と斬り合いながら、年嵩《としかさ》の与力が動揺した叫びを上げる。

だが、懸命に蔵まで走ったものの、強盗提灯《がんどうぢょうちん》を手にした同心たちは役立たずの鉄屑と化した銃の山を目の当たりにしただけだった。

そこに芹之介が迫り来る。

鞘を払った大太刀が、提灯の火を照り返してぎらりと光る。

鉄砲が遣えぬとなれば、刀で立ち向かうより他にない。

「おのれぃ」

先んじて斬りかかった同心が血煙を噴いた。

大太刀の間合いは遠い。

宮仕えの武士の常として定寸の大小を帯びる同心たちに対し、芹之介の佩刀は三尺（約九十センチメートル）に近い長物《ながもの》なのだ。

剣の技倆《ぎりよう》が同等ならば、刃長《じんちよう》で勝《まさ》っているほうが有利と言えよう。それに芹之介の大太刀は、見かけ倒しなどではなかった。

「むん！」

気合い一閃《いつせん》、長尺の刃が唸《うな》りを上げる。

同心たちは、ばたばたと斬り倒されていく。

仲間の亡骸《なきがら》を飛び越えて、一気に近間《ちかま》まで踏み込んでも無駄だった。

芹之介の太刀ゆきは速い。

並の剣客ならば持て余すはずの大太刀を軽々と振り回すのみならず、常に手許から離さぬようにしている。

重たい金属音が上がった。

同心の一人が見舞ってきた斬撃を、鎬《しのぎ》で受け流したのだ。

刀身の両側面にある、刃と峰《みね》の間の盛り上がった部分を指して鎬と呼ぶ。

芹之介は敵が斬ってくるのを見越して、刀身の側面で防御したのである。これは受け流しの振りかぶりを身に付けていればこそ可能な術だった。

刀を連続して振るうとき、慣れぬ者はどうしても両の脇が空《あ》く。そうすると隙を突かれて脇から切り上げられ、致命傷を負わされてしまうのだが、芹之介は両脇をきつく締めていて隙を与えない。

それだけではなかった。

前後左右に向き直るときには、柄を握った両の拳が常に顔面の前を通るように動いている。こうすれば脇が空かないのはむろんのこと、敵が不意を突いてきても遅滞なく刀身を体の前にかざして、防御することができるのだ。攻めは豪快なことときわまりなく、守りも鉄壁となれば付け入る隙などがあろうはずはない。

「遅いわ！」

芹之介の豪剣が唸るたびに敵は一人、また一人と倒れ伏していくのだった。

一方の意行と兵四郎も後《おく》れを取ってはいなかった。

攻め寄せてくる同心たちを、速攻で斬り伏せてゆく。無駄に刃を合わせることなく、一太刀で確実に倒していくのだ。

斬ってくるのを刀身で受け止めても、そのまま膠着《こうちゃく》したりはしない。

大岡忠相が先夜の兵四郎との攻防で見せたように受け流しては、その反動を利して間を置くことなく逆転の一撃を浴びせるのである。

二人の太刀筋は酷似していた。

兵四郎は亡き祖父から忍術を仕込まれ、その後に親代わりとなってくれた意行からは小太刀術を学んでいる。手練の忍びであると同時に、正統派の剣術を会得できているのである。

片手で見舞っていく斬撃は力強いものだった。

これが長尺の大太刀であれば、芹之介のような筋骨隆々《きんこつりゅうりゅう》の巨漢でもない限りは片手打ちにするなど無理な相談だろう。しかし、刀身が二尺に満たない大脇差は武士が持つ小太刀とほぼ同じであり、細身の兵四郎にも楽々と打ち振るうことが可能なのだ。

意行たち三人の前に、総勢九十の敵の頭数は早くも半分にまで減《げん》じていた。

「命が惜しくば、疾《と》く退散せえ！」

意行は重ねて宣告する。

高らかな声を耳にするや、腰の引けていた一群の同心が逃げ出し始める。

たちまち、二人の与力が怒号《どごう》を上げた。

「ま、待てっ」

「恥知らず共！」

続けざまに血飛沫《ちしぶき》が上がった。

あろうことか配下であるはずの同心たちに走り寄り、斬って捨てたのだ。

それを目《ま》の当たりにしたとたん、芹之介が怒った。

「馬鹿者めが!!」

大喝《だいかつ》するや走り寄り、一気呵成《いっきかせい》に叩き斬る。

救われた同心たちは、我先に逃げ出していく。

主君を護ろうとする者など、もはや一人もいなかった。

二十二

高木軍平はただ独り、中庭に面した奥の間に端座していた。

腹を切ろうとしているわけではない。長押《なげし》に掛けてあった槍を引き寄せ、意行一党が乗り込んでくるのを待ち構えていたのだ。

「愚かな……」

庭先に立った意行は淡々と、続けて言った。

「潔ぎよう腹を切るならば介錯《かいしゃく》して遣わさぬでもないが、手向かうとあれば容赦はせぬぞ」

対する軍平が走り出てきながら返したのは、ただの一言だった。

「下郎！」

突いてくる槍先をかわし、意行は果敢に肉迫していく。

刀で槍を制するには合わせた刃を滑らせ、手許まで打ち込むより他にない。

しかし、槍《そう》術のみならず剣術にも長《た》けている軍平にはお見通しだった。

軽やかな金属音が響き渡った。

軍平は長柄《ながえ》を旋回させて意行の刀を巻き上げ、一瞬にして撥《は》ね飛ばしたのだ。

「意行！」

朋友《とも》を救うべく、芹之介は猛然と割って入る。

大太刀と槍穂が激突する。

「むむ……」

芹之介のごつい顔を、脂汗が伝い流れる。

刀を拾った意行も、加勢に入るに入れない。

剛力自慢の芹之介をも圧倒するほど、軍平は膂力《りょりょく》が強いのである。鉄砲頭でも随一の強者《つわもの》という評判は伊達ではなかったのだ。

「それまでか?」

軍平は不敵にうそぶく。

と、ふてぶてしい顔が不意に歪む。

見れば、右腕に深々と馬針が突き立っていた。

兵四郎が近間へ走り込みつつ、全力で打ち放ったのである。

骨まで達する一撃を喰らったとなれば、もはや力が入るはずもない。

堪《たま》らず、軍平は槍を取り落とした。

「覚悟っ」

凜《りん》とした一声と共に、意行の刀が振り下ろされる。

袈裟《けさ》掛けの一撃を浴びせられたとたん、軍平は全身を突っ張らせた。

「げ、下郎どもがぁ!」

断末魔の呻き声からも、憎々しさは失われていなかった。

二十三

かくして、悪は滅《めっ》された。

高木家は断絶となり、家禄は公儀に没収された。

後妻も娶《めと》らず、跡継ぎを儲けることを怠っていたとなれば、それは当主の落ち度に他ならない。同役の御先手組の中にも、異を唱える者は誰もいなかった。


二月を迎えて事の始末が一段落した頃、田沼屋敷で小さな宴《うたげ》が催された。

辰が供してくれたのは湯豆腐だった。

「皆さん、箸を付けてくださいまし」

明るい声に釣られたように、男たちは箸を伸ばしていく。

料理上手な辰は、出汁《だし》の取り方も絶妙である。

「辰殿の湯豆腐は格別じゃのう」

湯気の中で目を細めつつ、芹之介は旺盛な食欲を発揮する。いつもは遠慮して別の間に膳を用意してもらう兵四郎も、今日ばかりは同じ鍋を囲んでいた。

「皆、存分に食《しょく》してくれ」

微醺《びくん》を帯びている意行の横顔を、辰は微笑みながら見守っている。

彼女は、わが良人《おっと》が奉じている密命のことを知らない。

いずれ生まれてくるであろう息子のため、一命を賭《と》して影の御用に就いていることに気付いていないのだ。

なればこそ、意行も心置きなく働けるのである。

将軍の意を汲んでのこととはいえ、人斬りをしているのに変わりはない。後ろめたさがないと言えば嘘になるだろう。

むろん、わが子にまで同じ苦労を味わわせたくはない。

足軽あがりの自分は、このまま三百俵取りの軽輩で終わるに違いあるまい。

だが、田沼家の後を継ぐ息子には栄達を果たしてもらいたい。願わくば老中にまで出世し、天下の政《まつりごと》に采配を振るってほしい。

そのためには鬼になろう、蛇にもなろう。

捨て石になろうとも、構いはしない。

そう心に決めていたのであった。

二十四

深川一色町《いっしきちょう》——。

小さな貸家の一室で、初老の男が文机《ふづくえ》に向かっていた。

何やら書き物に没頭しているらしい。

家人《かじん》は皆、眠りに就いた後のようである。

男の造作が灯火に浮かび上がる。

齢は、疾《と》うに六十を過ぎていると見受けられた。ぎょろりとした双眸と頬骨の高さが目立つ、精悍な顔立ちの老爺《ろうや》だった。

「……愚か者め」

おもむろに筆を止めるや、老爺は吐き捨てるようにして言った。

「やはり、刀槍《とうそう》の腕しか立たぬ輩《やから》では用を為さぬか」

慮外者として成敗され、闇に葬られた高木軍平のことを言っているのだ。

老爺の名は新井白石《あらいはくせき》、六十一歳。

かつて柳営《りゅうえい》に出仕し、辣腕《らつわん》の政治顧問として采配を振るった大物である。

相次いで大火を引き起こすことで新将軍の吉宗の評判を落とし、失脚させようと目論んでいた張本人は天下の儒学者《じゆがく》、新井白石だったのだ。

軍平を出世話で釣ったのにも、理由がある。直参旗本、それも有事には幕府軍の先鋒を承る先手組に付け火の大罪を働かせれば、吉宗の動揺も必ずや大きいと考えたからなのだ。

とはいえ軍平をそのまま野放しにするつもりも、口約束の通りに過分の報酬を与えるつもりも毛頭なかった。たとえ吉宗を将軍の座から追い落とすことに成功しても、武門の都たる江戸が荒廃してしまっては元も子もない。

事が済んだ後、軍平の身柄は町奉行所に押えさせることになっていた。ために北町奉行の松野河内守助義《まつのかわちのかみゆきよし》を密かに懐柔してもいたのだ。

だが、その計画は脆《もろ》くも頓挫《とんざ》してしまった。

捕縛させる前に討ち果たされたとなれば、すべて闇の中である。恐れを成した松野河内守は高齢を理由として早々に、奉行の職を辞してしまっている。

軍平とも ども、つくづく役不足であった。

それにしても、吉宗が擁《よう》する特命部隊の実力は白石の予想を遥かに超えるものであるらしい。

町奉行所や御庭番と別組織なのは察しが付いている。一党の頭目と思《おぼ》しき人物の名も、すでに把握できていた。

「田沼意行……」

最初は名も知らぬ男であった。

吉宗が国許から引き連れてきた、一介の小姓でしかないはずだった。

だが、今や白石にとって無視できぬ存在となりつつある。

徳川吉宗、そして田沼意行を舐《な》めてはなるまい。御三家とはいえ所詮《しょせん》は田舎出の大名と軽く見ていては遠からず、手酷《てひど》い目に遭《あ》うことだろう。

「来るならば来い。かくなる上は、次の手を打つまでじゃ」

虚空《こくう》を見据えて、白石は闘志も堅くつぶやいた。

入魂《にゅうこん》の計画を阻止されたというのに、まったく動じていない。

老境に至っていながら、つくづく青鬼の異名に恥じぬ強面《こわもて》ぶりであった。

それにしても、解《げ》せぬことである。

かつて幕府の政治顧問を務めたほどの才人が、何故に若き新将軍を憎んで止まないのだろうか。

青鬼こと新井白石の真意はまだ、誰一人として知るところではなかった。

第三章　奉行は颯爽と

一

享保二年二月、大岡忠相が南町奉行に就任した。

江戸の町奉行は市中の犯罪を取り締まり、断罪するのと同時に、後世の都知事の役目も兼ねていた。町人社会の行政にも関与していたからである。

折しも新将軍となった吉宗の治世下で、江戸の市政は刷新されつつあった。政《まつりごと》に携わる身としては、やり甲斐のある時期に巡り合わせたと言えよう。

忠相は四十一歳という、前例のない若さで町奉行に抜擢された。書院番《しょいんばん》を振り出しに目付《めつけ》、そして山田奉行、普請奉行を経ての堂々たる出世だった。

しかし、世の中には好事魔《こうずま》多しという言葉もある。

新しく上に立った者が意欲十分なほど、下の者は仕事が増える。

体制が変わることを歓迎する者ばかりとは限らないのだ。

南町奉行所に着任して早々に市政の改革を推進し始めた忠相に対し、反発の念を抱く古参の与力・同心が少なからずいたのも無理からぬことだった。

二

田安門内・田沼屋敷——。

「大岡殿は、なかなかのやり手らしいの」

「うむ……」

鴨井芹之介の何気ないつぶやきに、田沼意行は重々しく頷《うなず》いた。

意行の一挙一動は、いつ見ても折り目正しい。

こうして幼なじみの芹之介と向き合い、茶を飲んでいる最中でも変わらない生真面目な態度は、昔から一貫したものであった。

辰が置いていってくれた茶を一口啜《すす》り、意行は言った。

「伝法な物言いが板についておられる故、てっきり傾奇者《かぶきもの》気取りの御仁《ごじん》とばかり思うておったが……さすが名奉行と評判を取られただけのことはある。常に権威におもねず、公正なる裁きを旨《むね》とされていたからの……」

意行が口にしたのは、まだ大岡忠相が紀州・伊勢一帯の天領、すなわち幕府の直轄領を管理する山田奉行を務めていた頃のことだった。

かねてより紀州藩では天領との境界線を巡る訴訟事が頻発《ひんぱつ》しており、山田奉行は御三家の紀伊徳川家に遠慮して、裁定に手心を加えることが多かった。しかし忠相は訴訟の内容をあくまで公平に判じるのを常とし、前例になど従わず紀州藩に不利な裁きを下すことを恐れなかった。

奇《く》しくも、吉宗が紀州藩主の座に在《あ》った当時の話である。

かかる忠相の名裁きぶりを吉宗は高く評価し、かねてより優秀な人材として目を付けていた。なればこそ、町奉行の要職に抜擢したのだ。

「あの御仁にならば上様もお心置きなく、この江都の表の護《まも》りを委ね得ることであろうよ」

遠い目をして、意行はつぶやく。

つくづく、不思議な巡り合わせと思わずにはいられない。

紀州藩での田沼家は、代々の足軽でしかなかった。

それが直参に取り立てられたことにより、紀伊一円で名声を博した大岡忠相と交誼《こうぎ》を結ぶに至っている。

本来ならば有り得ぬ奇縁と思えば、自ずと感慨深い面持ちにもなってくる。

そんな意行の横顔に、芹之介はどこか醒《さ》めた視線を向けていた。

齢が離れた幼なじみの意行は掛け値抜きに信用の置ける男だが、いささか世間知らずの向きもある。過去の名声が、どこに行っても必ず通用するとは限らぬという自明《じめい》の理《り》が分かっていないのだ。

町奉行は、他の奉行職とは勝手が違う。

大身旗本の子として江戸の地で生まれ育った忠相とはいえ、いざ行政を担うとなれば容易に事が運ぶとは思えないし、配下として束ねる古株の下級役人たちの扱いは厄介《やっかい》きわまりないはずだった。

「とまれ、儂《わし》ら下《しも》つ方には関わりなきことだよ」

頭を振り振り、芹之介はうそぶく。

「それよりも、お役目について聞かせてもらおうかの」

「話が逸《そ》れてしもうておったな、すまぬ」

詫びながら、意行は手にしたままでいた茶碗を置く。

「こたびのご下命《かめい》は、盗《ぬす》っ人《と》退治だ」

「盗っ人？」

「霧《きり》の一味というのを耳にしたことはないか、芹之介」

「……あやつらか」

その名を耳にしたとたん、芹之介は表情を硬くした。かかる反応を見ただけで敵の大物ぶりが分かろうというものであった。

三

南町奉行所は、数寄屋橋《すきやばし》の御門内に設けられている。

新奉行の大岡忠相が着任してきて以来、与力・同心は御用繁多《はんた》の日々を送っていた。廻方《まわりかた》と呼ばれる、捕物に専従《せんじゅう》する同心たちも例外ではなかった。

それでも武家勤めとはのんびりしたものである。南町奉行所が以前より忙しくなったといっても、日が暮れる前に退出できる範囲でのことだった。

居残りをさせられるのはよほど心得の良くない者ばかり、と言えるだろう。

廻方同心の用部屋から、独り言が聞こえてくる。

「ったく、糞忌々《いまいま》しい奉行だぜ……」

障子越しに差す夕陽が、散らかった小机を照らし出した。

積み重ねた書類を雑な手付きで繰《く》りながら、怒気を帯びた口調でぼやいていたのは、やけに目つきの鋭い男だった。

浜野文之進《はまのふみのしん》、四十五歳。

南町に奉職して三十年近くになる、定町廻《じょうまちまわり》同心だ。

同僚たちはすでに帰宅した後らしく、他に人の気配はない。

廻方同心は定町廻、臨時廻、隠密廻に分かれている。とりわけ定町廻は町奉行所で花形の役職とされていた。

本来は一代限りだが、事実上は世襲制となっている。浜野家でも代々の当主が同心職を務めており、八丁堀の組屋敷に長年住み着いていた。

父祖の代から恩恵を受けてきたとなれば職務にも熱心なのかと思いきや、浜野の働きぶりは見るからにぞんざいだった。

「何が悲しくて、お調べ書きの見直しなんぞやらなくっちゃならねぇんだい」

愚痴を漏らすばかりで、碌《ろく》に筆が進んでいない。

お役御免にならないのが不思議なほど、怠慢な態度だった。

これまでの奉行が問題視しなかったのは、浜野が折に触れて抜かりなく点数を稼いでいたからである。

同心は自分一人で事件を追うわけではなく、目明《めあ》かしと呼ばれる無頼漢あがりの男たちを私的に雇い、手札《てふだ》を与えるのが常だった。

抱えの目明かしが優秀ならば情報も集まりやすく、手配中の悪党をお縄にする折も自ずと巡ってくる。むろん、存分に働かせるには決まり以上の報酬を与えなくてはならないため満足に雇えずにいる同心も少なくないのだが、浜野は三十俵二人扶持《ぶち》のどこに余裕があるのかと思えるほど金回りが良く、切れ者の目明かしを使役《しえき》して幾つもの手柄をものにしていた。

加えて、何に付けても要領がいい。

四十も半ばを迎えれば奉行所では古株だ。

同心の中での立場としては奉行直属の隠密廻、そして定町廻を長年勤め上げて補佐役に回った臨時廻が格としては上だが、見廻る持ち場が決まっているために江戸市中の動きをいち早く知ることができる定町廻に、やはり強みがある。浜野文之進は歴代の奉行から気に入られており、とりわけ奉行がまだ新任で勝手が分からぬ時期には大いに重宝がられたものだった。

しかし、大岡忠相はまるで浜野を当てにしていない。

お忍びで市中に出ては、直属の配下となった隠密廻同心たちがまだ把握できていない事柄までいち早く摑《つか》んでくる。そればかりか、従前《じゆうぜん》通りならば手を抜いていてもお構いなしだった調べ書きの山に目を通すや、上役の与力たちも驚くほど的確に、かつ速やかに粗《あら》を指摘してきたのだ。

ために、浜野は望まざる見直し作業を強いられているのである。

「ふざけやがって……」

愚痴る口調は、次第に呪詛《じゆそ》の響きを帯びつつあった。

居残りの書類整理ぐらいのことで、ここまで苛立《いらだ》ったりはしないだろう。

浜野は何か怖がっている。福々しい童顔とは裏腹の、同心顔負けの伝法な喋り口調も板に付いた、あの大岡忠相を恐れているのだ。

この用部屋には自分しかいないというのに目をきょろきょろさせ、落ち着かずにいるのが何よりの証拠だった。

当の忠相は、奉行所には来ていない。

着任早々に月番《つきばん》——北町、中町、南町の三奉行所が各月交替で承る刑事と訴訟の窓口を命じられたわけではないので、好きなときにしか出仕して来ないのだ。

それでいい加減にしてくれれば下の者もさぞ楽なのだろうが、調べ書きの件を初めとして、指摘してくることは正確そのものだった。

なればこそ、余計に恐ろしい。

賄賂《わいろ》を取って罪を目こぼししたり、袖の下を公然と要求して廻るのが常の浜野は市中の人々から密かに『南の海蛇《うみへび》』と呼ばれ、忌《い》み嫌われている。十手《じって》御用に就く立場でありながら、叩けば埃の出る体なのである。

あるいは、よほど露見しては困る悪事にも手を染めているのだろうか。

「早いうちに手を打たねぇとな……」

忠相を陥れるべく、海蛇は悪智恵を巡らせ始めていた。

四

奉行所勤めの同心たちは朝五つ（午前八時）に出仕し、昼七つ（午後四時）に退出するのが常である。しかし、残業を終えた浜野文之進がようやっと奉行所を出たのは夜五つ（午後八時）近くなってからのことだった。

着流しに黒羽織を重ねた、廻方同心に独特の装いである。十手は大小の二刀を落とし差しにした帯前ではなく、袱紗《ふくさ》にくるんで懐中に納めている。

疲れた様子で目をしばたたかせつつ、古びた門を潜っていく。

供の小者《こもの》は先に帰した後だった。口やかましい妻女《さいじょ》からお目付役を命じられているはずだが、銭を握らせれば適当に言い繕うことを心得ている。今頃は八丁堀の組屋敷にいち早く立ち戻り、旦那様は急の御用でございます等と伝えてくれていることだろう。

どのみち、古女房の悋気《りんき》など知ったことではない。数寄屋橋に背を向けて、向かった先は神田だった。

浜野にとっては、見廻りの持ち場である。

先月の火事で被災した家々も建て直され、以前と同じ町並みに戻ってはいたが漂う雰囲気は甚《はなは》だ芳《かんば》しくない。

すでに、二月も半ばに差しかかっている。陽暦ならば三月末に近く、春めいてくる時分だというのに、町人地の辻々では襤褸《ぼろ》をまとった男たちが流しの饂飩《うどん》や茶飯の屋台に群がり、寒そうに背を丸めて黙々と箸を動かすばかりだった。

提灯《ちょうちん》を持っている者は誰もいない。月が出ているとはいえ、暗がりに咀嚼《そしゃく》する音がするばかりなのは、何とも侘《わび》しい光景であった。

どの者も独り身であるらしい。夕餉《ゆうげ》を済ませるのが所帯持ちより遅いのは何も億劫《おっくう》がってのことではなく、この時間まで働いて稼がなくては飯にありつけないからなのだ。

「しばらくだったな、おい」

浜野が声をかけたのは、饂飩を手繰《たぐ》っていた若い男だった。

「八丁堀の旦那でしたかい」

湯気の立つ丼を手にしたまま、男は怪訝《けげん》そうに見返す。その足元には商売道具と思《おぼ》しき手杵《てぎね》と小ぶりの臼が、隠すようにして置かれていた。

「しけた顔《つら》をしているじゃねぇか、え？」

「当たり前でござんしょう」

毒づくや、男は丼の出汁を一息に啜り込む。一滴も残しはしなかった。

折しも江都では、日用《ひよう》座の改革が行われていた。

日雇いの労働者のことを日用取《とり》と呼ぶ。

この若い男のように家々を御用聞きして廻り、持参の杵と臼で黒米《くろごめ》（玄米）を搗《つ》いて糠《ぬか》取りの手間賃を貰う舂米《つきまい》屋も、一種の日用取なのである。

このところ、彼らは景気が良くない。

今まで何の縛りもなかったのが新奉行の忠相の方針により、同業組合の日用座による鑑札制の徹底が指導され始めたからだった。

鑑札は有料である。日本橋の本石町《ほんこくちょう》に新たな拠点が置かれた日用座では月に一人当たり二十文を徴収し、春米屋についても得意先を持たず、流しで営む者については鑑札の所持を必須としていた。

「お前も苦労が多いこったな」

「へい……」

春米屋の男が溜め息を吐《つ》いた刹那、信じ難い一言が耳朶《じだ》を打った。

「ったく、はた迷惑なお改めだぜぇ」

「いいんですかい旦那、そんなことを言っちまって」

慌てた声を上げる春米屋に対し、浜野は辺りを憚《はばか》ろうともしていない。

「越前守だか何だか知らねぇが、こんどのお奉行はとんだ狸《たぬき》野郎よ！」

たちまち、周囲に襤褸をまとった男たちが集まってきた。

浜野が廻方の同心であることは十手をわざわざ見せられずとも小銀杏髷《こいちょうまげ》と呼ばれる独特の髪型、そして御成先御免の着流しに黒羽織を重ねた装いを見ればすぐ分かる。まして、この神田界隈《かいわい》で『南の海蛇』と呼ばれる嫌われ者なのは誰もが知っていた。

その海蛇がどうしたことか、奉行の悪口を声高《こわだか》に言い立てているのだ。

咎《とが》める者は一人としていない。それどころか、食い詰め者の男たちは感心したような表情さえ浮かべていた。

「安心しねぇ。俺ぁ、お前たちの味方だよ」

すかさず浜野は言い募《つの》る。

「狸奉行を放っておいたら、華のお江戸は悪くなるばかりだぜ。違うかい？」

「そうだ！」

「そうだ!!」

我が意を得たりとばかりに、男たちは一斉に呼応《こおう》する。

何かきっかけがあれば、人は容易《たやす》く妄動に走ってしまう。まして三度の食事もままならぬ立場に置かれてしまえば、やり場のない怒りは溜まる一方だ。

かかる心理を見抜いた上で、浜野は事を起こした。

日用座に入れてもらえず、人目を忍んで小銭を稼ぐのに疲れてしまった日用取たちをそそのかし、元凶は忠相であると思い込ませようとしているのだ。

「やっちまおうぜ」

「応《おお》!!」

杵を振り上げる春米屋に呼応し、男たちは気炎を上げている。

胸の内でほくそ笑む悪《わる》同心の思惑になど、まったく気付いてはいなかった。

五

それから数日後。

陽が沈むのを待って、襤褸の一群が動き出した。

春米屋を先頭にした日用取の一団である。

無闇な行動ではない。大岡忠相がお忍びで市中を歩く経路は、南町同心の浜野文之進からすでに知らされていた。

暴徒たちは、忠相が大川端に出たところで襲いかかるつもりだった。

春米屋は商売道具の手杵を、他の連中は手に手に天秤棒《てんびんぼう》や竹竿を握っている。

どの者も、頭に血が上ってしまっていた。

悪同心の浜野にそそのかされるがままに、後先を考えずに動いているのだ。

大川の堤に着いた一群は、めいめいに身を潜めた。

桜の時期にはまだ早い。

夕闇に包まれた土手を行き交う者は、誰もいない。

後は浜野から教えられた、着流しに深編笠をかぶった浪人体《てい》の男がやって来るのを待ち、思うさまに打ち据えるだけだった。

「……来たぞ」

つぶやきつつ、舂米屋はぎゅっと手杵を握り直す。

浪人体の男が歩いてくる。

その悠然とした姿に気付いたのは、暴徒たちだけではなかった。

吉宗より下された密命のため、非番を利用して市中探索に赴いていた田沼意行と白羽兵四郎の主従が、偶然にも大川端に差しかかったのだった。

「お奉行……？」

意行が視線を向けたのと、暴徒の一団が奇声を上げて飛び出してきたのはまったくの同時であった。

「兵四郎っ！」

命じたときにはもう、兵四郎は疾走していた。

左腰の大脇差を鞘ぐるみのまま抜き取り、右肩に引っ担ぐ。

一気に跳躍し、騒ぎの場に降り立つ。

しかし、乱戦に割って入るには及ばなかった。

「これは……」

追い付いてきた意行も、思わず目を見張った。

襲ってきた暴徒たちのほとんどは、峰《みね》打ちで倒されてしまっていたのだ。

すでに兵四郎の姿は見当たらない。逃げた暴徒を追っていったのだ。

(それにしても……見事なものだ)

意行は舌を巻かずにはいられなかった。

峰打ちは、剣術の技の中でも高等技術と位置付けられている。

傷を負わせずに昏倒《こんとう》させることを目的とする峰打ちは、対手《あいて》の体に届く寸前に刀身を反転させ、あくまで軽く打つのが基本とされていた。

最初から刃《やいば》を返して向かっていっては、誰も斬られるとは思うまい。

それに刀の峰は衝撃に弱く、もしも力を込めて打ち込めば刀身を曲げてしまいかねなかった。そこで振り下ろす瞬間は常の通りに刃を向けておき、ぎりぎりのところで刀身を反転させるのだ。そうすれば混乱した対手は自分が斬られたものと思い込み、勝手に気を失ってくれるわけである。

言うは易《やす》いが、行うのは難《かた》い。峰打ちを会得しているということから、忠相の剣の技倆《ぎりょう》は並々ならぬものと見なしていいだろう。

当の忠相は疾《と》うに納刀し、乱れた襟を正している。まるで何事もなかったかのような、飄然《ひょうぜん》とした表情だった。

「お奉行……」

「なんでぇ、見てたのかい」

「ご助勢に入る間もありませんでした。お強うございますな」

「心配かけたね、意行さん」

福々しい顔を綻《ほころ》ばせ、忠相は微笑んだ。

どうやら、襲われたとたんに笠をむしり捨てたらしい。

肥えた赤ん坊を思わせる、まるい顎に結んだ紐は残ったままだった。

「こやつらは、一体……？」

「会ったこともねぇ連中だが、どうやら日用取らしいや」

顎紐の切れ端を足元に捨てつつ、忠相は言った。

「拙者《せっしゃ》も左様に見受けまする」

それにしても、解《げ》せないことだった。

忠相が推《お》し進めている日用取への鑑札制導入は、彼らの権利を保護するための施策なのだ。何故《なにゆえ》に逆恨みをするのか、意行には理解しかねた。

「まぁ、食い詰めた上でのこったろうよ」

懐手《ふところで》になりながら、忠相は苦笑するばかりだった。

そこに兵四郎が戻ってきた。

どことなく、困惑したような表情である。

「お前さんも来てくれてたのかい」

感謝の眼差《まなざ》しを向ける忠相に一礼し、兵四郎は淡々と言上する。

「拙者の一存にて逃がしましたが、何卒ご容赦くだされ」

「なぜだい、兵四郎さん？」

意行が咎めるより早く、忠相は問い質《ただ》す。あくまで柔和《にゅうわ》な口調だった。

応じて、兵四郎は速やかに答えた。

「累《るい》が及ぶのを恐れている由にござれば……」

「どういうこったね」

「あの者たちをそそのかした輩《やから》がおりまする」

「……誰《だれ》だい」

忠相は重ねて問いかけた。

「手前には判じかねますが、海蛇の旦那と申しておりました」

「海蛇、ねぇ……」

何か思い当たったらしい。

忠相は黙ったまま、ついと踵《きびす》を返した。

「能登守様！」

意行は慌てて呼びかけた。

武家は姓名ではなく受領《ずりょう》名、つまり官位で呼び合うのがふつうである。先程の忠相のように「意行さん」などと言うほうがむしろ変わっており、あれば官位で呼ぶことこそが礼に適《かな》ったしきたりなのだ。

しかし、背を向けたまま忠相が返してきたのは素っ気ない一言だった。

「今の俺ぁ越前守だ。能登守じゃ、中町のお奉行になっちまうぜ」

江戸市中には北町、中町、南町の三奉行所が置かれている。

忠相は南町奉行職に就くのに際し、中町奉行の坪内《つぼうち》能登守定鑑《さだかね》と官位が重なるため越前守に改めていた。

当時の武家の官位は、わざわざ朝廷から認可を得ずとも幕府の許しさえ得れば好き勝手に名乗ることができた。しかし、同じ職の先任者の中に同じ官位の者がいたときには遠慮し、別のものに変えるのが常だった。

「まったく、くだらねぇ習《なら》わしさね」

戸惑う意行をちらりと見返しつつ、忠相は苦笑する。

「どっちにせよ、肩書きなんざぁ堅《かた》っ苦しくていけねぇや。俺のこたぁタダさんでもスケさんでも、気安く呼んでくれよ」

「………」

二の句が継げない意行と兵四郎を残し、忠相は去ってゆく。恰幅《かっぷく》の良い孤影が見えなくなるまで、主従は押し黙ったまま立っていた。

六

襲撃が不首尾に終ったとの話は、翌日早々に浜野の耳に入った。

知らせてくれたのは、お抱えの目明かしである。浜野は、その目明かしが営む居酒屋に昼日中から足を運んできていた。

口開け（開店）前なので、まだ他の客の姿は無い。

「こんどのお奉行、手強いようでござんすね」

燗酒《かんざけ》を運んできたのは初老の男だった。

身の丈こそ小柄だが四肢は太く、足腰もがっちりしていて逞《たくま》しい。どことなく蟹を思わせる、平べったい面相の持ち主であった。

五郎八《ごろはち》、五十三歳。

神田界隈《かいわい》でも名の聞こえた岡っ引きである。

だが、それは世を憚《はばか》る仮の姿でしかない。

五郎八の実態は霧の異名を持つ、盗賊一味の頭《かしら》なのだ。

配下の頭数は十を越えており、用心棒として二名の浪人者も抱えている。

抱え主の浜野文之進は、五郎八の恐るべき正体をかねてより承知していた。

目明かしの手札を与えた後で勘付いたわけではない。最初から素性を見抜いた上で接触し、御用鞭《ごようべん》（逮捕）にしない代わりに力を貸せと持ちかけたのだ。

口止め料代わりに、報酬は一文も渡さぬ約束だった。

しかし五郎八としては持ちつ持たれつと割り切るや元の雇い主だった北町同心を見限り、浜野一人のための十手御用に精を出していた。

もともと、好んで始めた御用である。

表稼業の居酒屋を営みつつ、別の同心に雇われて目明かしになった理由とは他でもない。裏稼業の盗っ人をやりやすくするためには、奉行所の動きをいち早く知ることが不可欠だからだ。

割り切りが良いのは浜野もご同様で、奉行所が霧一味のことをどれほど摑めているのかを随時教えてくれていた。

見返りの金子《きんす》も、盗みの上がりから十分に渡してある。

他の同心たちはむろんのこと、世間の連中も、腕っこきの目明かしが悪名《あくみよう》高い盗賊とは夢想だにしていないだろう。たしかに浜野と五郎八の間柄は腐れ縁には違いないが、互いに有益なものであったのだ。

こたびの一件についても、浜野は五郎八を当てにしている。日用取たちをそそのかしての襲撃が失敗したとなれば、頼れるのはこの男しかいないと見込んで訪ねてきたのだ。

果たして、五郎八は自信たっぷりであった。

「正面切って倒せねぇんなら、後の手管《てくだ》は決まっていまさぁ」

と、板場を見やる。

中年増《ちゆうどしま》――二十代後半と思《おぼ》しき女が野菜を洗っている。この江戸に限らず居酒屋は酌婦《しやくふ》を置かずに亭主が一人で営むのが基本だが、手伝いの小女《こおんな》を抱えている場合もあった。

「引き込みをやらせるのに、新しく入れた女《の》でさ」

「へぇ……」

浜野は思わず見惚《みと》れた。

目鼻立ちは地味だが、肌が抜けるように白い。目元に心持ち険《けん》があるが、頬のそばかすがきつい印象を和らげている。つくづく男好きのする容姿であった。

「おぶんと言いましてね、今年で二十六になりやす……大した玉ですよ」

釘を刺すように、そっと五郎八が告げる。この女を仕掛けに使うからには妙な気を起こされては困る。そう言っているのだ。

「とても中年増にゃ見えねぇや」

頭を振り振り、浜野は吐息を漏らす。

「あの色っぺぇ顔《つら》ならよ、大岡の野郎なんざひとたまりもあるめぇ……」

五郎八から最初に「引き込み」と言われたことで、このおぶんという女がどのような立場なのかを即座に理解していた。押し入る先として目星を付けた商家や屋敷に奉公し、信用を得たところで一味を引き込むのが彼女の役目なのだ。

送り込むときも、疑われるような真似はしない。五郎八は常に、世間の信用が高い口入屋（人材派遣業者）を通じて引き込み女を送り込んでいるからだ。それも目明かしという顔を利すればこそ可能なことであった。

五郎八は、何も己が手で忠相を始末しようというわけではない。

もしも奉行一家を皆殺しにすれば公儀は威信を賭け、捕縛に全力を挙げることだろう。そうなってしまっては、元も子もあるまい。

思いついたのは、実に下種《げす》な企みであった。

おぶんは五郎八が岡場所でこれはと目を付け、身請けしてきた女だ。閨《ねや》の手練手管が申し分ないのはもとより、芝居っ気も備えている。

色香と演技で惑わされて油断し、その上で盗賊に入られたとなれば、忠相の町奉行としての権威は必ずや失墜する。

手を下さずとも、詰め腹を切らされるのは必定だった。

七

その頃。

鴨井芹之介は白羽兵四郎と連れ立ち、連日の市中探索に出向いていた。

「霧か……」

その通り名を口にするたび、いつも芹之介は苦々しい顔をする。

「調べ回れば回るほど腹が立つのう。霧の夜を狙《ねろ》うて押し込むのは洒落《しゃれ》たことだと目も瞑《つむ》れようが、やり口は盗っ人の中でも下の下だの」

「盗賊にも格付けがあるのですか」

「同じ悪党でも、ましな奴とそうでないのがいるのさ」

「成る程……」

兵四郎は素直に頷いていた。

芹之介は江戸に居着く以前の若かりし頃、諸国を巡って武者修行に励んでいたという。行く先々で土地の顔役に雇われ、用心棒を務めることもしばしばだったと耳にしている。そのような暮らしを送っていれば、自ずと悪の世界に生きる者の諸相を目にする折も多かったのだろう。その芹之介が憤《いきどお》りを露《あらわ》にするということは、極悪の徒《と》と見なしていい。

「一味は浪人も雇っているそうだ。腕っこきの奴ばかりを選《え》りすぐって、な」

芹之介が、ぼそりと言った。

「承知しております」

あれから兵四郎は意行を介して忠相に渡りを付け、奉行所の調べ書きを見せてもらっている。むろん表から入ったわけではなく、忠相に黙認された上で例繰方《れいくりかた》の書庫に忍び込んだのだ。

そこに記されていたのは度《ど》し難い内容だった。

一味は盗みを働くたびに、押し入った家の者を皆殺しにするのが常だった。

それも腕の立つ浪人者を仲間に加え、斬り手を任せているのだ。

亡骸《なきがら》に残された傷を検分すれば、手を下した者の技倆は自ずと判る。

無造作に振るったようでいて、どの刀傷も鋭いものばかりであることが一連の調べ書きには記されていた。これは手下を盗んだ金品の運び出しに集中させるために、雇い入れた腕利きの浪人どもに殺しを一任しているに違いなかった。

一味の正体を、二人は着々と突き止めつつあった。

「儂が見たところ、一等怪しいのはあの目明かしよ」

「やはり……たしか、五郎八と申す者でしたね」

「左様。十手御用を隠れ蓑《みの》にするとは、呆《あき》れ返った悪党じゃ」

手強い連中である。

しかし、このまま放置しておくわけにはいくまい。

霧の一味を殲滅《せんめつ》せぬ限り、また新たな犠牲者が出るだろう。

もしかしたら、自分の知り人たちが狙われるかもしれないのだ。

(そうはさせるものか)

決意を新たにする兵四郎の脳裏には木場の太丸屋父娘をはじめとする、この江都で知り合った善男善女一人一人の顔が、くっきりと浮かび上がっていた。

八

それから数日後、大岡屋敷――。

「失礼いたします」

久方ぶりにたっぷりと睡眠を取った翌朝、忠相に茶を運んできたのは見慣れぬ顔の女中だった。

「お前さん、新顔だね？」

そういえば、新しい女中を入れたいとの話を妻から聞いていた。委細は任せると言い置いたきり忘れていたが、この女が新入りであるらしかった。

「奥様より、文江《ふみえ》という呼び名を頂戴いたしました」

抜けるように白い肌が、朝日に明るく映えている。

武家と町家の別を問わず、奉公人には通称を与えるのが常だった。親が付けた本名を呼び捨てにするのは失礼なことと考えられていたからである。彼女の場合は『ぶん』を文とし、武家女めいた呼称を付けてもらったのだろう。

「文江さんかい。いい響きだね」

福々しい顔を綻ばせ、忠相は微笑みかける。

「朝から、いい目の保養をさせてもらったよ」

「まぁ」

文江——おぶんはしとやかに笑った。

切れ長の瞳の奥に、ちらりと邪悪な光が差す。名奉行との前評判も高い傑物を籠絡《ろうらく》するのは、思っていた以上に容易《たやす》そうであった。

九

陽は西に傾いている。

「越前守様のお屋敷に、霧の一味が……!?」

一日の務めを終えて下城してきた意行は、待ち構えていた芹之介と兵四郎から意外な話を持ちかけられた。

「例の五郎八と申す男の身辺を洗《あろ》うておるうちに判ったのじゃ。口入屋を介して送り込んだという女は十中八九、引き込みであろうよ。早《はよ》う除かねば危ないぞ」

「成る程。しかし大事はあるまいよ」

意行は落ち着き払っていた。

「まさかお奉行が斯様《かよう》な悪女を相手にするとは思えぬ」

「おいおい」

芹之介が困った顔になる。

意行は明晰《めいせき》な男だが、生真面目すぎる向きもある。こういった男の弱点を突こうという話には、まったく疎《うと》いのだ。

「とまれ、参りましょうぞ！」

兵四郎は思わず苛立った声を上げる。

もとより無礼は承知の上だが、忠相の身に危機が迫っているとなれば戸惑っている閑《ひま》はなかった。

十

日暮れの街を、兵四郎と芹之介が走り抜けていく。

寄る年波もあるのだろうが、巨漢の芹之介は息が上がりやすい。

「間に合えば……良いがのう……」

ぜいぜいしている芹之介の先に立ち、兵四郎は軽やかに駆けていた。

忍びの早足を用いればもっと速くもなるが、人目のある街中で目立つわけにはいかない。焦りの色を浮かべつつも、おぶんという女に忠相が籠絡されていないことだけを願い続けていた。


今は訪《おとな》いを入れる間も惜しまれる。

表門に回った芹之介と分かれ、兵四郎は裏塀を乗り越える。

屋敷の間取りは、以前に訪問したときにすべて頭に入れてある。

家士たちに気取られることもなく、奥の私室へと走った。

「大岡様！」

障子を引き開けたとたん、兵四郎は瞠目《どうもく》した。

「どうしたんだい？」

忠相はおぶんの淹《い》れた茶を喫しつつ、のんびりと書を紐解いていた。

「まぁ、別に恥ずかしいことは何もねぇんだがな……」

慌てた様子もなく、忠相は手にした書を拡げてみせる。

「こいつぁ唐《から》渡りの医術書でな、亡骸《おろく》の検分に役立つことも書いてあるのよ。お前さんにもいずれ講義してやろう」

常と変わらず悠々としている忠相の傍らに座し、おぶんはしおらしく炭火を足している。

「ああ、兵四郎さんは初めてだったかね」

ふと気付いた様子で、忠相は横を見やる。

「この女はね、大人しい顔をしているが盗っ人一味の者《もん》よ。まぁ、もう足を洗うって約束してくれたんで憚《はばか》ることはねぇんだが……お前さん方の知りたがってることも、もしかしたら教えてくれるかもしれないよ」

優しく語る忠相に、おぶんは黙って頷くばかりだった。

（たいした御方だ……）

兵四郎はつくづくそう思った。

男女の機微など与《あずか》り知らぬが、人の心の内を見抜く術《すべ》は忍びの心得として身に付けている。

その兵四郎の眼にも、おぶんの態度は殊勝そのものとしか映らなかった。

大岡忠相は年季の入った女の誘惑をさらりとかわし、逆に諭《さと》して味方に付けてしまっていたのである。

十一

かくして、事は杞憂《きゆう》に終わった。

その夜、田沼屋敷に戻った兵四郎と芹之介は一部始終を意行に報告し、決断を仰ぐことになった。

「ううむ……まこと、大岡様は傑物よな」

堅物《かたぶつ》の意行にも、引き込み女を改心させたのは尋常ならざることと理解できたらしい。感心しきりの様子であった。

「とまれ、これだけ手証が揃えば十分だの」

「左様。残るは始末を付けることだけじゃ」

芹之介は深々と頷く。あれから忠相の臨席の下、おぶんから霧の一味について子細を聞かせてもらってきた上で、そう判じているのだ。

五郎八と手を組み、忠相を陥れんとした浜野文之進のことも、すでに意行一党の知るところとなっていた。

「されば、参ろうぞ」

二人の顔を見やりつつ、意行は宣した。

「我らが為すべきは霧の一味を潰すことのみぞ。悪同心の始末は、謹んでお奉行にお任せするといたそう」

　その一言を耳にするや、芹之介と兵四郎は立ち上がる。

　後は速やかに支度を整え、悪の巣窟《そうくつ》に乗り込むまでであった。

十二

　五郎八の居酒屋は雨戸が閉め切られ、軒先に休業の札が吊るされていた。

　別段、近所の人々は不思議とも思っていないらしい。

　もともと、さほど盛っている店でもない。時折、風体の良くない遊び人や浪人者が足を運んでくるだけなのだ。それでいて潰れずに続いているのは、目明かしを兼業する亭主の五郎八が抱え主の同心から、よほど大枚を貰っているからなのだろうと誰もが信じ込んでいる。

　しかし、実態は違う。

　五郎八は浜野から一文の給金も受け取っていないのみならず、盗んだ金の分け前を渡している。当の五郎八にしてみれば面白くない話だが、これも身の安全を守りつつ、奉行所の内情を聞き出すために必要な費《つい》えなのだ。

そのためには、せっせと稼がなくてはならない。

店を休んだのは仲間を集め、大岡邸へ押し入る算段を付けるためだった。

盗っ人たちは、椅子代わりの空き樽《だる》にそれぞれ腰掛けていた。

どの者も、一様に目つきが悪い。

このような連中がとぐろを巻いている店では、流行《はや》るはずもないだろう。亭主の五郎八がもしも目明かしでなかったら、とっくに奉行所が目を付けていても良いはずだった。悪同心の浜野も奉行所の目をうまく逸《そ》らせてくれており、分け前をせしめるのに見合っただけの恩恵を施している。

だが、当の盗っ人たちは些《いささ》かも感謝してはいないらしかった。

「忌々《いまいま》しい金食い虫だが、こんどばっかりはちっと役に立ってくれたなぁ」

配下たちを見回しつつ、五郎八はどすの利いた声で言った。

「いい話じゃありやせんかい」

応じて、手下の一人がうそぶく。

「町奉行の鼻を明かしてやるたぁ面白いこってすね。親分」

「そういうこった」

五郎八はふてぶてしい笑みを浮かべてみせる。
後はおぶんの報告を待ち、近々に事を決行するだけであった。
と、そのとき。
表の板戸が、がたりと鳴った。
風ではない。何者かが、戸の前に立っているのだ。
黙ったまま、近くに座っていた手下が腰を上げる。
雪駄《せった》の足音を殺して擦《す》り足で歩み寄りながら、着流しの懐を探る。
刹那、板戸が蹴破られた。
「誰でぇ！」
突っかかろうとした格好のまま、手下は四肢を突っ張らせる。
握っていた短刀が、からりと足元に転がった。
田沼意行の繰り出した刃に、脾腹《ひばら》を深々と刺し貫かれていたのである。
突き刺した刀の柄を握ったまま、意行はじりじりと前進する。
土間に押し入ってきた彼を、盗っ人たちは一斉に取り囲んだ。
「何者かっ、うぬ！」
用心棒の浪人が、抜き身を振りかぶった。

土間に卓と空き樽を置いているだけの店内には、刀が引っかかってしまう欄干《らんかん》などはない。刀を振り回すにも有利だった。

「……」

絶命した手下を蹴り離し、意行は血刀《けつとう》を抜く。

と、破られたままの戸口から、意行に続いて何者かが突っ込んできた。

「わっ⁉」

派手な金属音と共に、浪人が吹っ飛んだ。

鴨井芹之介が突入しざまに抜き打った大太刀に、刀ごと弾かれたのだ。

体勢を崩したとたん、ずんと苛烈《かれつ》な一太刀が打ち込まれる。

「おのれっ」

相棒の浪人が、さっと刀を中段に取る。

突いてくるつもりなのだ。

応じて進み出た意行は、同じく中段に構えた。

睨《にら》み合う二人の剣尖《けんせん》は、互いの喉元に向けられている。

浪人の始末を意行に任せ、芹之介は突っかかってくる手下を相手取っていた。

大太刀を不用意に振り回さず、近間に踏み込んでくるのを待って斬り伏せる。

「ち、畜生っ」

臆した手下が二人、怯《おび》えた声を上げながら壁際に退いていく。

と、大きな音がした。

怯《ひる》む手下たちの頭上から、木の破片がばらばらと降り注ぐ。窓枠をぶち破って
白羽兵四郎が飛び込んできたのだ。

飛び込みざまに床に転がり、くるりと一回転して立ち上がる。

刹那、両の手許から二条の刃《やいば》が奔《はし》った。

「う！」

「ぐえっ」

二人の手下が同時にのけぞる。共に喉笛を打ち抜かれていた。

兵四郎は両手に握った馬針を、一挙動で投じたのだ。

一方の意行は、浪人の突きを払いざまに袈裟《けさ》がけの斬撃《ざんげき》を浴びせていた。

きっと上げた瞳に、長脇差《ながどす》を持ち出してきた男の姿が映じる。

意行は八双に構え直した。

「これまでぞ、霧の五郎八」

「吐《ぬ》かしやがれ!!」

鞘を放り捨てるや、五郎八は猛然と斬り込んできた。

しかし意行は動じない。

平《ひら》にした刀身で斬撃を受け止めざまに足払いを喰らわせ、倒れ込んだ五郎八の背をぐさりと刺し貫いていた。

「ぐぅ……」

「うぬらが手にかけし、無辜《むこ》の民の無念を知れい」

震える背中に刃を深く埋めつつ、意行は告げた。

ふだんよりも荒々しく立ち回ったのには、彼なりの理由があったのである。

たとえ密命を奉じてのこととはいえ、弱者を泣かせる悪を滅する立場となったからには自ずと怒りも覚える。

いつも冷静さを失わない意行の中にも、そんな熱さが秘められていたのだ。

淡々と納刀する意行を、芹之介と兵四郎は無言で見つめている。

江戸の民を震え上がらせた凶賊一味は、かくして全滅したのであった。

始末を終えた意行一党は、速やかに引き上げていく。

「……兵四郎」

番町の長屋へ帰る芹之介と別れて田沼屋敷へ向かう道すがら、意行が兵四郎に奇妙なことを命じてきた。

「重ね重ね手数をかけるがの、明朝に南町へ出向いてくれぬか」

「は？」

きょとんとする兵四郎に、意行は続けて言った。

「大岡様よりのお名指しじゃ。お望みのままに、謹んでお手伝い申し上げよ」

いつもと変わらぬ、生真面目そのものの面持ちであった。

十三

翌朝。

いつものように出仕したとたん、浜野文之進は奉行所の奥へと連行された。

「おい！　こいつぁ何《なん》の無体《むたい》でぇ⁉」

屈強の小者たちは両脇をがっちり抱え込んだまま、一言も答えない。

有無を言わせず二刀を取り上げた、見知らぬ若同心も同様だった。見習いとは思えぬほど眼光《がんこう》が鋭く、浜野に逆らう隙さえ与えはしなかった。

お白洲が見えてきた。

あろうことか、白砂利の上に切腹の場が設《しつら》えられている。

「お早《はよ》うさん」

上の間で待っていた忠相は、ひょいと片手を挙げてみせる。

「お前さんもこれまでってことさね。早いとこ死に装束に着替えな」

「そんな……」

「本物の海蛇なら陸《おか》に上がったところで逃がしてやるわな。だけどよ、お前さんだけはこのまま野放しにしておくわけにゃいかねぇんだ」

「ご、ご無体ですぞっ」

「奥方にゃ因果を含めてある。霧の五郎八との拘《かか》わりを不問に付していただけるのならば如何様《いかよう》にもなされませ、って言ってくれたよ。お前さん、よほど不義理ばかり働いていたんだなぁ」

「………」

浜野は一言も返せなくなった。

悪同心に、年貢の納め時が訪れたのだ。

奉行が直々に切腹を申し付けたとなれば、もはや逃れることはできない。

「介錯は、この若いのに任せてある」

それだけ言い置き、忠相は去っていく。

「お覚悟を」

へたり込んだ浜野の傍らに立ち、若同心は淡々と告げる。

その正体は忠相が用意させた衣裳に着衣を改め、貸し与えられた利刀《りとう》を帯びた白羽兵四郎だった。

暫時《しばらく》の後、戸板に載せられた亡骸が奉行所の裏門から運び出されていった。

忠相の断固たる仕置を目《ま》の当たりにしたことで古参の与力も同心も等しく恐れおののき、改めて新奉行への忠誠を誓ったのは言うまでもない。

十四

霧一味と浜野文之進の処分が落着してから数日後、宿直明けの田沼意行は南町奉行所を訪ねた。

大岡忠相より、直《じか》に会って礼を言いたいとの誘いを受けていたのである。

奉行所の奥まで招《しょう》じ入れられた意行は、結構な茶菓《さか》でもてなされた。

「すっかり世話をかけちまったな、意行さん」

「何と申されます」

忠相が手ずから淹《い》れてくれた煎茶を喫しつつ、意行は謹厳に答える。

「我ら一党はただ、御下命を果たしたまでにございまする」

「そう言ってくれるだろうとは思っていたがね……」

福々しい顔を綻ばせつつ、忠相は着流しの袂を探る。

取り出された袱紗《ふくさ》包みには、三両もの金子《きんす》がくるまれていた。

「斯様なお気遣いは無用に願い上げまする」

「堅いことを言いなさんな」

たちまち気色ばむ意行に、忠相は鷹揚《おうよう》に告げる。

「こいつぁ、お前さんに遣《や》るんじゃねぇ。あの鴨井って浪人に一両、余計な手間までかけさせちまった兵四郎にゃ二両、渡してやってほしいのさ」

「え――」

「褒美《ほうび》ってやつはいいもんだよ。そういう銭を惜しむほど、俺ぁ吝《しわ》い屋じゃねぇつもりでな」

「……されば、有難く頂戴いたしまする」

忠相の真意を知った意行は、深々と一礼した。

そのとき、廊下を歩み寄ってくる足音が聞こえてきた。

「失礼いたしまする」

敷居際に座したのは、中年増の女人《によにん》だった。

「おぬし……！」

何気なく見やった意行が、はっとした表情を浮かべる。

現れたのは霧一味の引き込みであり、五郎八に加担した罪で江戸所払《ところばら》い（追放刑）に処されたはずのおぶんだったのだ。

「大丈夫だよ、意行さん」

忠相が、ひらひらと手を打ち振ってみせる。

おぶんは今一度礼をすると、座敷に入ってきた。

忠相の耳元で二言三言、何事か囁《ささや》く。

「判ったよ。さっそくに手配させるぜ」

「よしなにお願いいたしまする」

それだけ言い置き、おぶんは去った。

「失礼しちまったなぁ」

怪訝そうに見送る意行に、忠相は微笑みかけた。

「ちょいと捕物のことでな、あれに調べを頼んでいたのよ」

「調べ？」

「密偵《いぬ》と言えば聞こえは悪いが、まぁ奉行所雇いの女小者ってところさね」

「左様でありましたか……」

意行は、ふっと微笑んだ。

行き場のなくなった哀れな女を忠相は改心させたばかりか、新たな寄る辺《べ》まで与えてやったのだ。つくづく肝《きも》の太い人物である。

むろん、ただ豪胆なばかりでは皆の信頼など勝ち得るものではない。

日用取の対策においても、厳しい改革ばかりを行ったわけではなかった。

忠相はある一点について、敢《あ》えて目をつぶっている。

武家では非常時に備えて、常に軍役《ぐんえき》規定に合わせた数の郎党《ろうとう》を抱えていなくてはならなかったが、永年勤続させては俸給を払い続けることができない。そこで江戸の武家では日用取を臨時に雇い、形だけ頭数を揃えるという慣習が定着していた。大名家ばかりか、将軍の親衛隊たる直参の家々も同様であった。

本来ならば厳しく取り締まるべきなのだろう。しかし忠相は、もはや合戦など起こらぬ現状を踏まえて黙認しようとしているのだ。

生真面目一方な性分の意行としては、忠相の人徳を認めつつも、腑《ふ》に落ちない点ではあった。

「役に立たぬ軍団で、旗本八万騎と申せましょうか？」

「それでいいのさ」

疑義《ぎぎ》を呈する意行に、忠相は笑って答えるのだった。

「太平の世で強くなくっちゃならねぇ直参は、俺たちだけで十分さね……」

第四章　青い目の若豹

一

享保二年三月十一日（陽暦四月二十二日）、八代将軍吉宗は武家諸法度を旧制に戻すことを定めた。かつて幕府の政治顧問だった新井白石の献策により改められた諸点を、吉宗はすべて旧に復したのだ。

その話を白石が伝え聞いたのは、深川一色町の貸家で日課の執筆を進めているときのことだった。

報《しらせ》をもたらしたのは上品な雰囲気を漂わせる、長身の武士である。

「気を落としてはならんぞ、筑後守《ちくごのかみ》殿」

押し黙ったままの白石に、丁重《ていちょう》な口調で語りかけている。

まだ二十代に差しかかったばかりと見受けられる、しなやかな体軀である。縮《ちり》緬《めん》地の覆面越しでも能《よ》く通る、朗々たる美声の持ち主だった。

「慚愧《ざんき》の念は重々お察し申し上ぐるが、逸《はや》ってはならぬ。貴公が柳営《りゅうえい》に返り咲くのを望むは吾《われ》のみに非《あら》ざること、覚えておかれよ」

「お気遣い、痛み入り申す」

答える白石の口調は、存外に冷静なものだった。

青鬼の異名を取った精悍《せいかん》な造作に、怒りの色は微塵《みじん》も差してはいない。本音を面《おもて》に顕してはならぬと、若年の頃から心得て生きてきたからである。

しかし、その胸の内は荒れ狂っていた。

(許すまじ、吉宗)

若き新将軍に対する怒りは募《つの》るばかりであった。

二

そんな折も折、オランダ商館の参府《さんぷ》一行が江都を訪れていた。

オランダは清《しん》国とともども、鎖国下で日の本と交易を許された外国《とつくに》だった。

交易船は年に二艘、長崎にのみ寄港を許されている。来航したオランダ人たちは湾内の出島に設けられた商館に滞在し、幕府の出先機関である長崎奉行所の厳しい監視下に置かれていた。

しかし、長崎以外の地を訪れることが皆無だったわけではない。

カピタン（甲比丹）と呼ばれるオランダ商館長は代替わりするたびに江戸へ参府し、将軍に拝謁《はいえつ》することになっている。

昨年末に来航したカピタンと随行の商館員たちは年が明けるのを待って長崎を発ち、西海道と東海道を経て江戸入りしたのだ。

登城《とじょう》した一行は今、本丸内の大広間で吉宗との謁見《えっけん》の儀に臨《のぞ》んでいた。

慣例では御簾《みす》を下ろしたままであり、段上の将軍が顔を見せることはしない。

ところが、吉宗は待ちかねた様子でこう命じた。

「御簾を開けよ」

「上様！」

臨席していた御側御用取次の加納久通《かのうひさみち》が慌てて小声で諫《いさ》めたが、吉宗は聞く耳を持たなかった。

「苦しゅうない。早《はよ》うせえ」

重ねて命じられては、さすがに頑固者の加納も二の句が継げない。

すかさず膝行《しっこう》して罷《まか》り出るや、するすると御簾を開けたのは小姓の田沼意行だった。あらかじめ、そうするようにと吉宗から指示を受けていたのである。

一方のカピタンは動じることなく、すでに面《おもて》を上げていた。

先程からのやり取りの内容は分からずとも、将軍その人が自分の顔を見たいと望んでいるのをいち早く察したのだ。

加納はもとより、居合わせた幕閣たちも咎《とが》められるはずがなかった。

「遠路大儀であったの。向後《こうご》も昵懇《じっこん》に願うぞ！」

親しげに呼びかけながら、吉宗は満面の笑みを浮かべていた。

異国の人々とその文化に対し、かねてより興味津々《しんしん》だったのである。

歴代将軍の中でも前例がないほど喜びを露《あらわ》にし、心底から歓待していた。

三

謁見の儀が和やかに進んでいるとは知る由もなく、白羽兵四郎は手持ち無沙汰な様子で御庭に佇《たたず》んでいた。

「静かなものだな」

ひとりごちる兵四郎の周囲には誰もいない。

藪田定八以下の御庭番衆は皆、江戸参府のオランダ人たちの警固《けいご》のため本丸内《うち》に詰めているらしい。

退屈きわまりないが、仕様のないことだった。登城のお供をしてきても、若党の身では本丸への立ち入りは許されない。忍び込もうと思えば容易《たやす》いが、兵四郎はそうしたいとも思わなかった。

（異人か……）

オランダ商館長の江戸参府なる慣習があることを知ったのは、つい先頃のことだった。芹之介に聞いたところ、カピタンとその一行は本石町三丁目の長崎屋を定宿《じょうやど》にしているという。将軍に挨拶し、しばし滞在するだけのために二月《ふたつき》近くの道中をするとのことだった。

（ご苦労なことだなぁ）

兵四郎に異人への偏見は無い。

その代わり、さして関心も抱いてはいなかった。

木洩《こも》れ日が眩《まぶ》しい。

すでに桜は散り、江都は新緑の季節を迎えつつあった。

四

兵四郎が暇を持て余していた頃、吉宗は隣の白書院《しろしょいん》に座を移していた。

この白書院は謁見の儀が執り行われた大広間に次いで、城中でも格式の高い場とされている。

間取りは上段之間、下段之間、連歌《れんが》之間、帝鑑《ていかん》之間、溜《たまり》（控え室）で合わせて百二十畳となる。襖はすべて取り払われていた。

上座に陣取った吉宗は、熱い視線を前に向けていた。

正面の板の間から、軽やかな剣戟《けんげき》音が聞こえてくる。

吉宗への上覧《じょうらん》に供《きょう》したいというカピタンからの申し出により、二人のオランダ商館員が剣を交えているのだ。

共に六尺豊かな大男だが肥満してはおらず、しなやかな体付きである。

それでいて振るう剣は力強く、鋭い。

上体を思い切り前に投げ出すようにして突きかかり、対手《あいて》がかわしたときには速やかに元の体勢に戻っている。

よほど足腰を鍛え込んでいなくては、こうも素早くは動けまい。

たしかに無駄な肉こそ付いてはいないが股が太く、腰回りも安定していた。足袋とは似て非《ひ》なる、薄地の室内ばきを履いた足の捌《さば》きは両者共に機敏そのものだった。

それにしても、細い剣だった。

浅く反りを打った刀身の幅は、わが国の刀のせいぜい半分ぐらいだろう。厚みも抑えてあるらしく、空気を裂く音はやけに高い。

吉宗は興味津々で見守っている。

下座に控えた御側御用取次の三人組はと見れば揃って眼を剥《む》き、演武中の西洋剣士たちの一挙一動から片時も目を離そうとしていない。

万が一にも有り得ぬことだが、吉宗の身に危害を加えられないように警戒しているのだ。意行たち小姓の面々も傍近くで護《まも》っているというのに、つくづく心配性なことだった。

そんな三人の様を横目で見るや、吉宗は苦笑した。

「揃いも揃うて、熱心な見取りぶりだのう」

「お……恐れ入りまする」

「斯様《かよう》な妙技、二度とは拝めぬやもしれぬぞ。心置きのう見ておくことじゃ」

眼を白黒させている加納に告げる口調は、鷹揚《おうよう》そのものだった。

たしかに、見事な業前《わざまえ》である。

わが国の剣術で組太刀《くみだち》を行うときと同様に刃は潰してあるのだろうが、剣尖《けんせん》は鋭利なままであり、わずかでも手元が狂えば致命傷を負いかねないはずだった。

しかし二人の剣士は一向に怯《ひる》むことなく堂々と、大きな動きで剣を振るっている。

止めと思《おぼ》しき一刀がひゅっと空気を裂き、演武が終わった。

吉宗が座している方を向き、二人の剣士は恭《うやうや》しく一礼する。

応じて、吉宗は満足そうに頷《うなず》いてみせた。

技を披露し終えた剣士たちは、演武の場と繋《つな》がる松之廊下を通って退出する段取りになっていた。

一人の剣士が先に立ち、速やかに廊下へ出て行く。

ところが、今一人が思いがけない行動を示した。くるりと向き直るや、再び前へ進み出てきたのである。

金色の巻き毛が、ふわりと舞う。

すらりと長い手足に比して顔は小造りで、きめ細かい肌をしている。

頰の産毛が、無双窓から差し込む陽光にきらきら煌《きら》めく。

程よく高い鼻梁《びりょう》、そして凜《りん》とした青い瞳が印象的な美青年であった。

ハンス・フリッツ・ホースト、二十三歳。

出島ではカピタンの護衛役を務めているという触れ込みで登城に際しても随行した、最年少の商館員だ。

「何事か、ほーすと殿？」

慌てた様子で、加納が前に進み出る。

対するホーストは演武の最中と変わらず、堂々としていた。

「おねがいがあります」

心持ち大きめの口が、淀みなく動く。

若干たどたどしくはあるが、明瞭な発音だった。

「何なりと申してみよ」

加納が口を開くより早く、吉宗が笑顔で告げる。

褒美《ほうび》の品でも所望するつもりらしいと思っているのだ。

厚かましくはあるが、これだけの妙技を披露してくれた後となれば大目に見ていいだろう。堅物の加納もそう考えたらしく、食い下がろうとはしなかった。

ところが、返されたのは意外な一言だった。

「わたし、にほんのサムライとたたかいたいです」

「何……」

「刀は、ほんみでけっこう。わたしも、じぶんの剣をつかいます」

さすがの吉宗も言葉を失っていた。

この若き西洋剣士は日の本の兵法者との異種対決、それも刃引きではなく本身《ほんみ》
――真剣での立ち合いを持ちかけてきたのだ。

一方のカピタン以下、オランダ商館員の面々は平然としている。

吉宗たちはむろんのこと、江戸参府に随行してきた長崎奉行所の役人たちさえ与《あずか》り知らないことだったが、ホーストは長崎を発つ前からカピタンより指示を受けていたのである。

八代将軍の座に就いた徳川吉宗なる男が稀代の名君だという前評判は、昨年のうちに遠い長崎にまで聞こえていた。

だが、人物の真価とは直に会ってみなくては分からないものである。

東照大権現こと初代家康公の再来とまで絶賛されて止まない吉宗がどれほどの人物なのかを、見定めたい。そう思い立ったカピタンは配下で一の遣い手である

ホーストを用い、真剣勝負を挑ませるという手を考え出したのだ。

むろん、吉宗自身と立ち合う必要はない。

突然の所望に対して如何様《いかよう》に応じ、如何なる者を用意するか。

その一瞬の判断を基にして、これからもオランダ国が安心して付き合える将軍か否かを見極めたい。

大胆きわまる思惑だが、それは長崎の地で折に触れて武士たちと接し、名誉を重んじる日の本のサムライならば挑戦を受けぬはずはあるまいと、確信していたからこそだった。

命じたカピタンもカピタンだが、引き受けたホーストも大した自信の持ち主と言えるだろう。

たしかに西洋の決闘も日本の真剣勝負も、対手が抵抗できなくなれば命までは奪わないのが暗黙の了解ではある。

しかし、本身を以て立ち合うとなれば何が起こるか分かりはしない。若い身空で異国の土に成り果ててしまうかもしれないのだ。

にも拘《かか》わらず、若き西洋剣士は些《いささ》かも動じてはいなかった。

青い目を爛々《らんらん》と輝かせ、どのような対手が出てくるのかと期待している。

見事な度胸の持ち主と言えよう。

果たして、吉宗もそう感じたらしい。

「ホーストとやら、げに頼もしき武者ぶりだのう」

まるで立腹してはいない。その口調は感心の色さえも帯びていた。

「されば、この者と立ち合うがよかろう」

と、傍《かたわ》らに視線を向ける。

その視線を受け止めたのは誰あろう、田沼意行だった。

武術上覧に際しては御側御用取次も小姓も、通例では下手の帝鑑之間に座することになっている。しかし吉宗の身を案じた加納久通は慣例を無視し、御側御用の三人組と意行ら小姓衆で周りを固めていたのだ。

たちまち狼狽《うろた》えたのは意行当人ではなく、事の成り行きをはらはらしながら見守っていた加納たちであった。

むろん、意行が影の御用を奉じる立場であることは誰も知らない。

未知の西洋剣術を操る手練《てだれ》に、一介の小姓が太刀打ちできるはずもあるまいと誰もが思っていた。

「う、上様。これはご無体がすぎまする」

加納ならずとも、こう進言せずにはいられぬ状況だった。

「ここは疾《と》く、柳生殿か小野殿をお呼びなされたほうが……」

「大事ない。早う、意行の腰物を持って参らせるのじゃ」

吉宗は一向に動じていない。

意行を指名したのも、並々ならぬ遣い手のホーストに引けを取らぬだけの手練と常日頃から承知していればこそなのであった。

五

その頃。

白羽兵四郎は御花畠《おはなばたけ》に来ていた。

爽やかな芳香に、兵四郎は思わず目を細める。

もうすぐ見頃の時期を迎えようとしている茉莉花《まつりか》（ジャスミン）だ。

江戸開府から間もない慶長十九年（一六一四）、時の薩摩藩主が家康公のため国許から取り寄せたと伝えられる名木は今もなお枯れることなく、可愛らしくも力強さを感じさせる白い花を咲かせていた。

この茉莉花に限らず、本丸を間近に臨む御花畠には諸大名より献上された名花名木が根付いている。

こうして愛《め》でるだけならば手間もかからないが、手入れを務める御庭番たちの存在なくしては保たれまい。

（藪田様も大変だな）

白い花の芳香に微笑みを誘われながら、兵四郎は胸の内でつぶやく。

と、そこに切迫した声が聞こえてきた。

「兵四郎！」

「藪田様……？」

駆けてきたのは藪田定八その人だった。

「のんびりしておる時ではないぞっ」

「何事でありますか」

不可解そうに見返すや、思わぬ一言が返ってきた。

「田沼殿が一大事ぞ。異人の剣士と立ち合うことになったのだ」

「え？」

「早う刀を持てとの上様の仰せじゃ」

「では、本身で仕合《しあ》えと!?」

兵四郎ならずとも茫然とせずにはいられまい。異人と立ち合うだけでも一大事だというのに、真剣勝負とは尋常な話ではなかった。

「とまれ、急ぎ刀を持てい」

「されど、拙者《せっしゃ》は」

「火急の折ゆえ構うまい。それに、おぬしが介添《かいぞ》えをせずして何とするのだ」

定八が何を言わんとしているのか、兵四郎はすぐに理解した。

本身で立ち合えば、命を落とすことにもなりかねない。

むろん望ましくはない話だが、万が一にもそうなったときには謹んで最期《さいご》を見届け、妻女の辰に知らせる必要があった。その見届け役を、兵四郎は若党として務めなくてはならないのだ。

「御免!」

言うが早いか、兵四郎は走り出す。

浅黒い横顔を強張《こわば》らせながらも、速やかな動きであった。

六

城中に刀を持ち込むのは御法度であり、殿中差《でんちゅうざし》の小刀《しょうとう》のみ許されている。

カピタン一行も長剣《ちょう》は本丸の玄関で全員脱刀《だっとう》させられ、小脇差ほどの短剣だけを帯びていた。

ホーストの長剣が、速やかに運ばれてきた。

演武に用いた刃引きのサーベルとは違う、さらに細身の一振りである。

運んできたのは、江戸参府に随行した長崎奉行所の役人だ。

いかつい顔は真っ青なままだった。

突然の成り行きに、すっかり動揺してしまっているらしい。

「無茶はなりませぬぞホースト殿。かくなる上は致し方ありませぬが、くれぐれもお怪我など負わぬよう……」

「ダンクウェル（ありがとう）」

涼しい顔で礼を告げながら、ホーストは剣を受け取る。

すらりと鞘を払うや、鋭角の刀身が露《しとう》になった。

エペという呼称までは知らずとも、刺突専用の剣であることは居合わせた誰の目にも明らかだった。

細身だが、先程のサーベルよりも頑丈そうである。

手慣らした一振りというのも、柄革の光沢を見れば自ずと分かる。

一方の意行も落ち着いていた。

動きにくい裃《かみしも》を脱ぎ、替えの小袖と袴に装いを改めている。

兵四郎が持参した刀を帯び、すでに支度は整っていた。

表情は常の通り、冷静そのものである。

試合に臨むのに際し、力みすぎるのはうまくない。対手が誰であれ、平常心を失わぬことが肝要なのだ。

なぜ吉宗が自分を名指ししたのかは承知できていた。本身を振るって立ち合うことに慣れた者など、この場に居合わせてはいないからだ。

かと言って、御側御用の加納が提言したように剣術師範の柳生一門、あるいは小野一門を呼ぶのも障りがあった。

カピタンの我《わ》が儘《まま》な申し出に対し、そこまで大仰《おおぎょう》に構えてしまっては将軍の器《うつわ》が浅く見られてしまうからだ。

その点、小姓の意行が出るぶんには大事はあるまい。

かと言って、手の内を見せすぎてもうまくなかった。

意行が影の御用を奉じ、真剣勝負の場数を踏んできた身だというのを承知しているのは吉宗の他には藪田定八らの御庭番衆と、この場にはいない大岡忠相などのごく限られた者だけである。

加納ら御側御用取次の面々でさえ、知らされてはいないのだ。

この場で実力を余さず見せてしまえば、なぜ一介の小姓がここまで剣を遣えるのかと、皆から疑いをかけられてしまうことだろう。それをきっかけに影の御用が明るみに出てしまっては元も子もない。吉宗のみならず、意行自身のためにも避けなくてはならないことであった。

「始めい」

吉宗の一声を合図に、立ち合いが始まった。

相互の礼を交わした意行とホーストは、間合いを切って対峙《たいじ》すると、意行の表情が強張った。

おもむろにホーストが左手を伸ばすや、帯前の短剣を抜いたのだ。

右手のエペはそのままに、抜いた短剣を左手一本で構える。

古代の蕨手刀《わらびでとう》にも似た、肉厚の刀身が剣呑《けんのん》に光る。

(二刀流とな……)

それが西洋剣術本来の戦法ということを、意行は知らない。

もとより未知の対手なのは承知の上だ。

如何なる出方をして来ようとも、ひとたび腹を括《くく》って立ち合いの場に罷《まか》り出たからには動揺するには及ばない。

ホーストが右手の長剣で突いてきた。

先程の演武でも見せた、上体を前に振り出すようにする体捌きだ。

さっと横へ跳んでかわすと、意行は前に進み出た。

淀みない動きで前進し、左面へ向かって刀を振り下ろす。

しかし、寸止めにする必要はなかった。

軽やかな金属音と共に、意行の刀が打ち払われた。

ホーストは左手に握った短剣――ダガーを以て、急角度に振り下ろされた一刀を防御したのだ。

慌てることなく、意行は後方へ跳び退《すさ》る。常と変わらずに落ち着いているようでいても、胸の内では少なからぬ動揺を覚えていた。

（そうだったのか……）

気付いてみれば、かの二天一流《にてんいちりゅう》と同じ発想だった。

右手の大刀で攻め、左手の小刀で防御する。むろん、状況によっては左の小刀で斬り付けることも有り得ようが、西洋剣術の場合には左右の剣の役割が完全に特化しているのだ。

ダガーに刃が付いていないのも頷《うなず》けることである。防御専用に持ち歩いている得物となれば、斬る機能は必要ない。頑丈でありさえすれば十分なのだ。

左のダガーで防ぎ、右のエペで突きかかる。それが西洋剣術の基本戦法なのだと見て取ったとたんに、意行は落ち着きを取り戻した。

（かくなる上は、やむを得まい）

手加減していれば、我が身が危ない。

影の御用を務めていることが露見するやもしれないが、この場で自分が敗れてしまえば、それこそ吉宗の体面も丸潰れとなるだろう。

それだけは絶対に避けなくてはならなかった。

腹を括り直したとなれば、自ずと動きも鋭さを増す。

意行は果敢に刀を振るった。

ホーストが打ち払わんとすれば寸前で速やかに刀を引き、突いてくるのを素早い足捌きで回避しつつも切っ先は常に前へ——喉元へ向けて威嚇《いかく》する。

互角の技倆を発揮する意行の前に、若き西洋剣士は次第に焦りを隠せなくなりつつあった。金髪が乱れ、白い肌を玉の汗が伝い流れている様が、遠目にもはっきりと分かった。

「これまでだな」

悔しげな面持ちのカピタンをよそに、吉宗は莞爾《かんじ》と微笑む。

と、そのとき。

「む！」

吉宗の表情が強張った。

劣勢に陥ったホーストが、顔面を目がけてダガーを投げつけたのだ。

刃こそ付いていないが、命中すれば致命傷となるのは間違いない。払い落とさんとする意行だったが、重い飛剣《ひけん》には十分な勢いが乗っていた。

刹那、細い光芒《こうぼう》が奔《はし》る。

かぁんと弾かれたダガーが板の間に転がる。

飛んできたのは馬針だった。

控えていた兵四郎が身を乗り出しざまに一投し、意行を救ったのである。

「兵四郎っ」

慌てて立ち上がった定八と小性たちが、すかさず羽交《はが》い締《じ》めにする。

成り行きで本丸への立ち入りを許された軽輩の身でありながら、あろうことか将軍の御前において手裏剣を飛ばすとは無礼以外の何物でもない。

だが、当の将軍――吉宗は冷静だった。

さっと立ち上がるや、一声告げる。

「各々方、お静かに願おうぞ」

色めきだつ一同に、吉宗は続けて言い放った。

「主《あるじ》の命を救うため技を振るうは、日の本の武士たる者の本領である。兵四郎とやら、苦しゅうないぞ」

「忝《かたじけ》なきことに存じます」

押さえ付けられたままの兵四郎に代わり、定八は深々と一礼した。

一方の意行は、すでに刀を納めていた。

いずれにしても、もはや尋常の立ち合いは続けられまい。後は、吉宗の沙汰を待つばかりだった。

ホーストは青ざめた顔で、その場に立ち尽くしていた。

カピタンが思わず腰を浮かせる。

勝ちを焦る余りとはいえ、ここまで無茶をするとは思っていなかったのだ。

オランダ国にとって、日本は重要な交易相手である。それを失ってしまっては本国に対して申し開きもできない。

しかし、面目をかなぐり捨てて許しを乞う必要はなかった。

「おぬしも責めを受けるには及ばぬぞ、ホースト」

座り直した吉宗は、穏やかな視線を若き西洋剣士に向ける。

「我ら武士《もののふ》は卑怯《ひきょう》を嫌うが、戦場《いくさば》に禁じ手なしというのも心得ておる。おぬしらが仕合いの場も合戦場《かっせんば》と見なせば、飛剣を遣《つこ》うたとておかしくはあるまい」

「………」

がっくりと膝を落としたホーストに続き、意行は平伏する。

吉宗の一言が西洋剣士だけでなく、兵四郎をかばうためのものだということを察したからだった。

「よき趣向であったぞ」

吉宗はご機嫌なまま、上覧演武の催しは締め括られた。

続いて、歓迎の宴が和《なご》やかに執り行われた。

将軍もカピタンも共に体面を失うことなく、享保二年の江戸参府は幕を閉じたのであった。

七

この一件を新井白石が知ったのは、翌日のことだった。

「紅毛《こうもう》にも面白い男がおるものですな」

双眸《そうぼう》をぎょろつかせつつ、白石は興味深げにつぶやく。

過日に続いて訪ねてきた覆面の武士から、一部始終を聞かされた後だった。

「左様」

武士は頷き返しつつ、縮緬地の覆面の下で口元を歪める。

「今一歩で吉宗めに大恥をかかせてくれることも叶《かの》うたというに、つくづく残念なことじゃ」

「済んだこととなれば、致し方ありますまい」

対する白石は冷静だった。

「悔いるよりも、次善の策を講じるのが肝要でありましょう」

「何かあると申されるか、筑後守殿」

「ありますな。これは吉宗が手足を捥《も》ぐ好機にござる」

白石の双眸が、ぎらりと輝く。

青鬼と呼ばれた往時さながらの、野望に満ちた目つきであった。

八

その夜、供も連れずに深川一色町の寓居を後にした白石は永代橋《えいたいばし》を渡り、本石町へと向かった。

江戸参府一行の定宿である、長崎屋を密かに訪問したのだ。

失脚して久しい身とはいえ、かつて幕府の政治顧問を務め上げた白石の威光はまだ完全に失われてはいない。忍びで足を運んだと主張し、ホーストを呼ばせて面会に及ぶのも不可能事ではなかった。

「あなた、だれですか」

「新井筑後守と申す。お見知りおかれよ」

相手を若輩と軽んじることなく、膝を正して一礼する。

「そなたの力になりたいと思うての、老骨に鞭打って罷《まか》り越した。こちらの言葉が判じ難《がた》ければ幾度でも繰り返す故、遠慮のう願いたい」

白石はその昔、異国の禁を破って密入国した科《とが》で捕えられた宣教師を尋問した折のことを思い出しながら、慎重に言葉を選んでいた。

ジョバンニ・バッティスタ・シドッチという宣教師はオランダではなく、シチリアという地からやって来たという。神に仕える身でありながら、古《いにしえ》の剣闘士を思わせる精悍な男だった。

このホーストなる若者も、どこかシドッチと同じ雰囲気を漂わせている。

顔形が似ていたわけではない。

信仰と剣術の違いこそあれど、共に信念の下に生きていると言うべきだろうか。

「思うた通り、見上げた武士《もののふ》ぶりじゃのう」

「もののふ？」

「剣を取る身として、立派なものということぞ」

昼間の報告から斯様《かよう》な男に違いないと思い定めればこそ、白石は面と向かって話をしたいと考えたのだ。

「そなたが無念、重々お察し申し上ぐる。されど、このまま長崎へ逃げ帰っては一分《いちぶん》が立たぬということだけは覚えておかれい」

武人の意地を通すため、田沼意行と人知れず再対決して葬り去るべし。白石はそう話を持ちかけた上で、決闘の場も用意すると申し出たのだ。

しかし、若き西洋剣士は首肯しようとはしなかった。

「もういちど、ショーグンにないしょでたちあいをしろ。そういうことですか」

「左様」

「それなら、おことわりします」

「何……」

双眸をぎょろつかせる白石に、ホーストは臆することなく言い放った。

「あのとき、わたしは勝つことができていた。それをふせいだのは、オキユキというひとではない。kniif（ナイフ）を投げた、あいつに負けたのだ」

「兵四郎とか申す、若党のことかの？」

「そう」

ホーストもまた、両の目をぎらぎらさせていた。

「わたしがたおしたいのは、ヘイシローだけだ。オキユキともういちどたちあうひつようはない」

「……」

白石は押し黙った。

(紅毛《こうもう》と申せど、こやつもやはり武士というわけか。恥を知っておるわ)

その心意気は買える。しかし、こちらの持ちかけた話を蹴ったからには見逃すわけにはいかないだろう。

そんな心の内を察したのか、ホーストは白石をじろりと見返した。

「じゃまはしないでくださいね、チクゴノカミどの」

「何と申す?」

「これはわたしのためにすることです。おかえりください」

「む……」

白石の口元が歪む。

だが、怒鳴りつけることはできなかった。

二人きりと申し付けたにも拘わらず、次の間から人の気配がする。のみならず剣の鞘が触れ合う音と思《おぼ》しき、微《かす》かな金属音も漏れ聞こえた。

「みんな、わたしのみかたです」

ホーストは不敵に微笑む。

オランダ人の仲間たちは、ホーストが兵四郎なる若党と勝負するつもりなのをすでに了承しているらしい。むろんカピタンに知れれば大事だろうが、皆で結束すれば何ということもないはずだった。

かつて長崎貿易の条例改定に力を尽くしたこともある白石は、商館員たちが皆カピタンに大人しく従っているわけではなく、密かに持ち込んだ舶載品《はくさい》を勝手に売り捌くような手合いも少なからずいると聞いていた。

この場は退散するより他にあるまい。

「好きにせえ」

捨て台詞《ぜりふ》をひとつ残し、白石は立ち上がる。

いかつい顔に悔しげな色が差しているのが、薄暗い灯火の下でもはっきりと見て取れた。

九

翌日の午下《ひる》がり、田沼屋敷――。

兵四郎は私室の板の間に座し、所在なげに溜め息をついていた。

主君の意行から謹慎を命じられているのである。

吉宗からは何のお咎《とが》めもなかったとはいえ、このまま兵四郎を登下城の供として召し使っていては周りへの示しが付かない。そう判じた意行は感謝の意を抱きつつもやむなく罰を与えることにしたのだった。

そんな主君の心中を察していればこそ、兵四郎も逆らわず私室に引きこもっているのである。

とはいえ、完全に納得できているわけではなかった。

（まったく、武家暮らしってのは堅苦しいや）

今更ながら、そう思わずにはいられない。仕えている相手が田沼夫婦であればこそ続いてもいるのだが、こたびばかりは兵四郎も些《いささ》か嫌気が差していた。

と、部屋の障子が不意に開いた。

「閑《ひま》でしょうがねぇって顔に書いてあるぜぇ、兵さん」

呼びかけてきたのは老中間の弥八だった。

「まぁ、これでも喰って元気を出しな」

差し出されたのは竹皮にくるまれた草餅だった。

「ありがとう、弥《や》ぁさん」

「あと二、三日がとこのこった。せいぜい辛抱しねぇ」

親しげに語りかけつつ、弥八は懐を探る。

「それとよぉ、お前さん宛てにこんなもんが届いていたぜ」

「文《ふみ》じゃないか？」

聞けば差出人は不明だが、本石町から飛脚が届けてきたのだという。

「ずいぶん近くだね。わざわざ人に頼むこともないだろうに……」

「まぁ、訳ありなんだろうよ」

不思議そうな表情の兵四郎に、弥八は年の功で説いてみせる。

「飛脚ってのは何かと便利なもんでな。銭さえ渡せば恋文だって心得顔で届けてくれるのよ。お前さん、あの辺の娘っこに懸想されたんじゃねぇのかい？」

「まさか」

苦笑しつつ、兵四郎は手紙を受け取った。

弥八が去るのを待って封を開けたところ、中には折り畳んだ半紙が一枚入っているきりだった。奇妙なことに、横書きで書かれているではないか。

「何だい、これは……！」

首を捻《ひね》りながら文面に目を落としたとたん、兵四郎の表情が凍り付いた。

へいしろ殿

わがはじをそそぐため　しあいたくそろ

ひがしずむとき　にほんばしの上でまつ

Hans Frits Hoost

我が恥を雪《そそ》ぐため、仕合いたく候。

陽が沈むとき、日本橋の上で待つ――。

「………」

読み終えた手紙を、兵四郎は無言のまま火鉢にくべる。

末尾に何と書かれているのかは定かでないが、これがホーストというオランダ人の姓名なのだろう。

意行に知られずに済んだのは幸いだった。

主従の間柄である以前に、二人は刀取る身である。

それに、意行は兵四郎にとっては剣術の師匠でもあるのだ。

その師匠を差し置いて、勝手に立ち合うのは無礼というものだろう。

しかし、対手は兵四郎との決着を望んでいる。

城中での出来事はともかく、一国の要人と野仕合《のじあい》に及んだとなれば双方の生死を問わず、今度は重罪に問われてしまうだろう。

されど、名指しされたからには受けて立つのが剣士の意地。ここは人知れず屋敷を抜け出し、先方の望み通りに剣を交えてくるより他にあるまい。

兵四郎はそう決意していた。

十

江戸の空が夕陽に染まる。

ホーストは独り、日本橋の欄干《らんかん》にもたれて立っていた。

網代笠《あじろがさ》を傾け、面体《めんてい》を隠している。

川風に煽《あお》られて脱げることのないように、顎紐を結ぶことも忘れていない。

着ている袷《あわせ》と袴は、どうやら古着であるらしい。

体格に合わせて裄丈《ゆきたけ》を直してはあったが、些か窮屈そうだった。

変装するには、斯様な装いのほうが都合は良い。上背こそ高いが、傍目《はため》には市中のどこにでもたむろしている浪人者にしか見えなかった。

エペとダガーはまとめて刀袋に入れ、無造作に提げていた。

町人体《てい》ならば怪しまれもするだろうが、浪人姿で持っていればこれから質入れにでも出向くところなのだろうと、周囲は勝手に解釈してくれる。

ホーストの行動は迅速だった。兵四郎に挑戦状を送り付けるや、その足で長崎屋から抜け出したのである。

間違いなく、やって来る。

網代笠の下で輝く青い瞳が、そう語っているかのようであった。

夕暮れ時の橋を行き交う者は多い。

しかし、誰もホーストにぶつかってくる者はいなかった。

六尺豊かな大男ゆえに、皆が避けてくれているのではない。ホーストが気配を抑え、景色に融け込んでいるからなのだ。

「見事な隠形《おんぎょう》だな」

その背に呼びかける、精悍な声が聞こえてきた。

「ヘイシロー……」

川面に目を向けたまま、ホーストは問いかける。

「オキユキには話したのか？」

「いや」

兵四郎はかぶりを振る。

茶染めの筒袖に木綿袴を着けている。両腕に装着した半籠手《はんごて》を隠すように袖を引き出しぎみにしていた。

ホーストは何も言わず、刀袋を提げて歩き出す。

兵四郎は無言のまま、後に続いた。

長さ百余間の日本橋を渡りきり、南詰に出る。

夕陽に輝く擬宝珠《ぎぼし》を横目にしながら、肩を並べて歩を進めていく。

兵四郎は、ふと思い出した様子で問うた。

「よく、飛脚に頼めたものだな」

「ひきゃく……？」

「おぬしが手紙を託した者だよ」

「ああ」

何を言われているのか、理解したらしい。

「長崎屋でたのんだ。わたしたちののぞむことは、なんでもきいてくれる」

「でも、外とやり取りをするのは禁じられているんじゃないのか」

「やりとり？」

「手紙を書き送ったり、話をすることさ」

「みんな、こっそりやってるよ。長崎でもね」

「へぇ」

思わず、兵四郎は感心した声を上げた。

「それにしても、うまく化けたもんだな。これ、古着だろう？」

「出島に来てすぐ、通詞《つうじ》（通訳）にたのんで買ってきてもらった。ぼろの割には高かったがね」

「どうしてだい。俺たちと同じような身なりにする必要なんか、ないだろう」

「遊びにいけるからね」

「遊び……」

「長崎には、マルヤマという町がある」

「丸山？」

「きれいなおんなのひとたちがいるところさ」

「遊廓か」

「そう」

ホーストは、くすっと笑う。網代笠の下で浮かべた表情は、同じ世代の日の本の若者たちと何ら変わらぬものであった。

「カピタンは商館におんなのひとを呼べるけど、わたしたちは下っぱだからできない。それでときどき、みなりを変えて出かけていくんだ」

「成る程な」

兵四郎も、ふっと微笑んだ。

この青い眼の異人も自分と同じ、二十歳そこその若者だということが次第に分かってきたからだ。

とはいえ、一対一で刃を交えるとなれば遠慮は無用だった。

気後《きおく》れすれば即、死に至る。

人気のない場所に出たときが、勝負の始まりとなるはずであった。

十一

日本橋から八丁堀を経て、二人は深川に出た。

永代橋を渡ったときにはもう、陽は完全に暮れてしまっていた。

ホーストは兵四郎と同様に、夜目《よめ》が利《き》くらしい。提灯《ちょうちん》も持たず、月明かりだけを頼りに危なげなく歩を進めることができていた。

富岡八幡宮の門前町を抜け、木場も通過する。

悪いことに、兵四郎は木場では顔が売れている。

太丸屋のお初たちや、このところ界隈《かいわい》に居着いたという新次と愚連隊連中に出くわしてしまっては厄介《やっかい》である。兵四郎は途中で菅笠《すげがさ》を買い求め、顔を隠す用心を怠らなかった。

洲崎《すざき》の浜が見えてきた。

弁財天社《べんざいてんしゃ》に参拝する者も絶え、浜辺は闇に包まれていた。

「そろそろ始めるかい？」

兵四郎の呼びかけに頷くや、ホーストは刀袋の口紐をさっと解く。

鞘を袋の中に残し、エペとダガーを抜き放つ。

淡い月明かりの下に、二条の刃が浮かび上がった。

応じて、兵四郎も大脇差の鯉口を切る。

片手中段の構えを取り、ホーストと対峙する。

二間（約三・六メートル）の間合いを取り、互いに切っ先を向け合う表情は共に落ち着いたものだった。

「………」

「………」

二人の足元を、打ち寄せる波が濡らしていく。

無言のままでの対峙が、しばし続く。

ホーストは微動だにせず、得物を握った両手を体側《たいそく》に下ろしている。

膝を緩《ゆる》め、いつでも飛び出せるように体勢を整えているのに兵四郎は気付いていた。見事な自然体だった。

先に沈黙を破ったのは兵四郎だった。

「ヤッ」

気合い一閃《いっせん》、夜陰を裂いた白刃《はくじん》が殺到する。

刹那、ぎぃんと金属音が響き渡った。

ホーストの防御は鉄壁だった。兵四郎渾身《こんしん》の一撃をダガーで打ち払うや、間を置くことなくエペを繰り出す。

「!」

兵四郎の五体が躍《おど》り上がる。

斬撃《ざんげき》を阻まれた瞬間に跳び退《すさ》り、速攻の刺突をかわしたのだ。

「ふ……」

構え直しながら、ホーストは笑みを漏らす。

兵四郎の片頬にも微笑みが差していた。

命のやり取りをしているとは思えぬほど、共に楽しげである。

ホーストが突く。

兵四郎が斬る。

二人の攻防は打ち続いた。

息が上がる気配はまったくない。波音に混じって聞こえてくるのは、大脇差の立てる鋭い刃音《はおと》と、それを弾き返すダガーの金属音ばかりであった。

いずれ劣らぬ体捌きは南洋の豹《ひょう》を思わせる、俊敏きわまりないものだった。

技を尽くして渡り合う若者たちの姿を、月が静かに照らしている。

邪魔する者は誰もいない。

夜が更けゆく中、二頭の豹は激しくぶつかり合った。

牙の代わりに繰り出すのは、互いの一刀である。

兵四郎は馬針を飛ばそうとはしなかった。

ホーストも、ダガーを投げつけたりはしない。

正々堂々と、鍛え上げた剣の技のみを以て渡り合い続けていた。

「ヤーッ！」

兵四郎が一直線に跳ぶ。

ホーストが突きかかるより一瞬早く、内懐《ふところ》へ飛び込まんとしたのだ。

しかし、その動きは見切られていた。

袈裟《けさ》に振り下ろした大脇差が空を斬る。

次の瞬間、しゃっとエペが突き出された。

「む！」

兵四郎が体《たい》を捌くと同時に、軽やかな金属音が響き渡る。

刺突を大脇差で止めたのではない。

とっさに上体をかばった左腕で、エペの切っ先を阻んだのだ。

兵四郎の籠手は、馬針を収めるだけのために装着しているわけではない。

革の表地の下に頑丈な鉄板が仕込まれている半籠手は、本来の防具として窮地を救ってくれたのだ。

果たして、ホーストのエペは無傷のままだった。

あのまま全力で突き込んでいれば、兵四郎に打ち払われた反動で真っ二つに折れてしまっていたことだろう。

止められると気付いた瞬間に、ホーストは手の内を緩めていたのだ。

「みごとだ、ヘイシロー」

素直に褒《ほ》め称えつつ、西洋剣士は右手のエペを下ろした。

左手に握ったダガーはと見れば、ささらの如くに成り果てている。絶え間なく殺到した兵四郎の斬撃を受け続けた結果であった。

「あんたもだ……ほうすと」

「ホ、ホ、ホーストだよ」

「ああ、すまん」

すかさず発音を訂正され、兵四郎は苦笑しつつ納刀する。

見守るホーストの顔は汗まみれである。しかし、その青い双眸は満足げに光り輝いていた。

十二

「長崎屋まで送ろう。早いとこ、剣を納めな」

「ああ」

笑顔で頷きながら、ホーストは踵《きびす》を返しかける。

と、左腕がおもむろに一閃《いっせん》された。

「ぐうっ……」

ダガーを投じた先から、くぐもった悲鳴が聞こえてきた。

頭を割られて倒れたのは、つがえた弓を放たんとしていた浪人者だった。

その亡骸《なきがら》を踏み越え、一群の浪人たちが飛び出してくる。

「何者だ！」

きっと見返し、兵四郎は鋭く誰何《すいか》する。

答える者は誰もいない。

手に手に凶刃を抜き放ち、斬りかからんとする姿勢を示している。

「殺《や》る気満々ってわけか」

兵四郎は不敵にうそぶきつつ、大脇差を構え直した。

二人は知らないことだったが、この浪人たちは新井白石の意を汲んで放たれた刺客であった。

幕府の政治顧問だった往時ならばともかく、今や市井に生きる一儒学者の立場にすぎない白石が、これほどの頭数を独力で揃えられるはずはないだろう。

後ろ盾となっている、あの覆面の武士が手配したのである。

ホーストに持ちかけた取引が不首尾に終ったという話は、すでに白石の口から彼に伝わっていたのである。

吉宗に叛意《はんい》を抱いていると露見すれば白石はむろんのこと、こちらも無事では済むまい。そう判じるや、ホーストの口を塞いでしまおうと思い立ったのだ。

末端とはいえ、商館員がオランダ国の要人であることに変わりはない。

それを死に至らしめようとは無茶な話だが、江戸参府中に一行の者が客死した例は皆無というわけではなかった。幕府はあくまで体面を重んじ、どのような最期を遂げたとしても死因は病死扱いにするはずであった。

白石の黒幕は周到な思惑の下に、大挙して刺客を送り込んできたのだ。

「わたしを生かしておいてはこまる人、いるらしいね」

「そのようだな」

兵四郎の表情に迷いはなかった。

浪人たちは二人をまとめて始末するつもりなのである。

となれば、協力して迎え撃たねばなるまい。

抜き連ねられた刃は、ホーストと兵四郎に等しい数だけ向けられている。その構え方はさまざまだった。

刀を中段に取り、剣尖をこちらの喉元に擬《ぎ》している者。

油断なく八双に構え、袈裟斬りを仕掛けんとする者。

脇構えとなり、刀身を隠すようにして柄頭しか見せていない者もいる。

いずれ劣らぬ遣い手ばかりと、兵四郎は即座に見て取った。

「二対十……か」

「え？」

「俺もあんたも、同じ数《おんな》だけやっつけなくちゃならないってことだよ」

「なるほど」

頷くや、ホーストはエペの革柄を握り直す。両の膝は緩められ、いつでも飛び出すことのできる体勢を再び取っていた。

「行くぜ」

「ja（わかった）！」

二頭の若豹が同時に突撃する。まさに、阿吽《あうん》の呼吸だった。

先んじて剣を振るったのはホーストだった。

突っかかってきた浪人を素早く突き倒し、横手から斬ってくる二番手に足払いを喰らわせる。

「うわっ!?」

浪人は一撃で吹っ飛ばされた。

丸太で足元を払われたようなものであったが、まだ刀を手離してはいない。

体勢を崩しながらもホーストを突こうとしたところに、兵四郎の馬針が飛ぶ。

こちらもすでに二人、向かってきた刺客を斬り伏せていた。

「Pardon（すまん）！」

援護してくれた兵四郎に笑みを返しつつ、ホーストは突進する。

砂を蹴立てて疾走するのを阻んだのは、中段の構えでこちらを牽制していた男だった。

「往生せえ!!」

大喝を浴びせながら、中段の構えから鋭い突きを見舞ってくる。

身幅《みはば》が敵の刀の半分もないエペで、下手に刃を合わせるわけにはいかない。

だっとホーストは砂浜を蹴り、横っ飛びになって避ける。

「うぬっ」

たたらを踏んだ浪人は、すかさず刀を振りかぶる。

しかし、斬り下ろすことはできなかった。

「ぐ……」

呻く男のみぞおちを、細い刃が深々と貫いている。

ホーストが遠間から繰り出した、反撃の一刺しに斃《たお》れたのだ。

西洋剣術の遣い手は、遠い間合いを一瞬にして縮め得る。

それは六尺豊かな体軀《たいく》に加え、上体を大きく前へ振り出す体捌きを身に付けていればこそ可能なことであった。

続いてホーストに向かってきたのは、八双に構えた刺客だった。

鍔が顎の高さに来るように、刀の位置を正確に保ったまま前進してくる。

袈裟斬りで来るのは分かっていても、左右のどちらから刃を振り下ろすのかは見当も付かなかった。右足を前にしているからといって、必ずしも右袈裟斬りを仕掛けるとは限らないからだ。厄介な対手と言えよう。

こちらにダガーがあれば防御も容易《たやす》いが、むろん拾いに行く余裕はない。

それに兵四郎との立ち合いで疵《きず》だらけに成り果てた刀身では、受けたとたんに折れてしまったことだろう。

ここは、一振りのエペのみで切り抜けなくてはなるまい。

敵はまったく隙を見せていなかった。

両肘を張らずにいるので、脇の下を狙うこともできない。もしも不用心に脇を開けていれば逆袈裟に斬り上げ、大量の出血を促して動きを止めることもできるだろうが、これでは真っ向から迎え撃つより他に打つ手はなかった。

「ヤーッ！」

刺客が斬りかかってきた。

左——いや、そう思わせておいて右から来る！

見切った刹那、手練のエペが唸《うな》りを上げた。大きく上体を振り出しての、捨て身の一撃であった。

肉を裂く、鈍い音がした。

「ば、馬鹿な……」

信じられないといった表情で、刺客がわななく。

凶刃を中途まで——ホーストの頭上すれすれまで振り下ろした格好のまま、脾《ひ》腹《ばら》をしたたかに貫かれていたのだった。

最後に残った刺客は脇構えを取り、兵四郎と向き合っていた。

後ろへ回り込もうとしても、そうはさせない。

こちらの動きに合わせて移動し、常に腰を正面に向けている。それは兵四郎に刀の長さを悟らせないための措置でもあった。

脇構えが厄介なのは、こちらから敵の刀身が見えないことだ。

長い刀ならば余裕を持って足場を固めた上で斬り付けてくるだろうし、短寸であれば敵は足捌きで間合いを詰めることを考えるはずだ。しかし、そういった先読みが脇構えを取られてしまうとできないのである。

刺客の左腰に、鞘は見当たらなかった。

せっかく脇構えになって刀身を見せずにいても、腰間《ようかん》に鞘が残っていては刃《じん》長《ちょう》を読まれてしまうので元も子もない。襲撃する前に抜刀し、鞘を捨ててきたのであろう。つくづく念の入ったことだった。

（大太刀か、それとも定寸刀か。あるいは……！）

兵四郎は何かを悟った刹那、一気に飛び出した。

刺客が速攻で間合いを詰めてきたのも、まったくの同時だった。

起動した瞬間が同じであれば、鍛え抜かれた忍びの脚力が物をいう。

大脇差が一直線に突き出される。

「むむむ……」

砂浜に崩れ落ちた刺客の手許から、短寸の一振りが転がる。

二本差しの脇差よりも更に短い、小太刀であった。柄こそ並の刀と同じものを嵌《は》め込んでいたが、刀身は一尺（約三十センチメートル）そこそこだった。

「下手な小細工をしやがる」

額の汗を拳で拭いつつ、兵四郎はつぶやく。

なぜ、兵四郎は目の当たりにせずして刃長を見抜いたのか。

それは、敵の動きが余りにも軽快すぎたからだった。

どれほど膂力《りょりょく》が強かろうとも、長尺の刀を振るっていれば自ずと五体の動きは制限される。三尺物の大太刀ならばいうまでもないし、二尺そこそこの定寸刀であっても脇差よりは重たい。

しかるに、兵四郎と激突した刺客は空手であるかの如く、俊敏すぎる体捌きを示していた。よほど刀が軽くなくては、終始そのようには動き続けられまい。

柄に偽装を施していても、兵四郎の目はごまかされなかったのだ。

「ふぅ……」

溜め息を吐きつつ納刀する兵四郎の後ろに、ホーストが歩み寄ってきた。

こちらもエペを鞘に納め、ダガーの回収を済ませていた。

「ひでぇ様《ざま》になったなあ」

「え」

兵四郎の一言に、ホーストはきょとんとする。

「あんたの格好だよ。その形《なり》じゃ、丸山でも門前払いを喰わされるぜ？」

たしかに、ひどい有り様《さま》だった。

袷は切り傷だらけになり、袴の腰板が反《そ》っくり返っていた。

「第一、着付けもなっちゃいないよ」

ゆるんだ帯の端が覗いているのを直してやりつつ、兵四郎は苦笑した。

「しばらくオランダへ帰らないんなら、ほどけない帯の締め方ぐらいは覚えないとなぁ」

「教えてくれるのか、ヘイシロー」

「そうするしかないだろうさ」

せがむホーストに笑顔で応じ、兵四郎は海を指差すのだった。

「まずは返り血を落とそうよ、な？」

十三

ホーストは誰にも気付かれぬまま長崎屋に立ち戻り、事なきを得た。

あれから二人は人目を避けて木場に戻り、兵四郎の存じ寄りの古着屋にて衣裳一式を整えたのだ。

かつて腕っこきの川並《かわなみ》（木場人足）だった老主人は、口止め料込みでホーストが出した小判を頑《がん》として受け取らず、代金は兵四郎に貸しておくと言って上物の長着《ながぎ》と袴に、これから入り用になるだろうと絽《ろ》の夏羽織まで付けてくれた。

裄丈は合っていないが、それは長崎に帰ってからでも直しを頼めることだ。のみならず、老主人はホーストに帯の締め方まで手際よく教えてくれた。

「着物好きな紅毛さんとは面白《おもしれ》え。わっちも冥土にいい土産話ができたぜぇ」

「ありがとう、とっつあん」

太丸屋勤めを通じて意気投合した老爺を兵四郎は信じることにし、ホーストも二人の志を喜んで受けてくれた。

それから兵四郎は謹慎に耐えかねて夜遊びに出た体《てい》を装って帰参し、意行から小言を頂戴はしたものの、大立ち回りを演じてきたとは思われずに済んだ。

刺客たちの亡骸は、翌朝には跡形もなく消え去っていたという。

国賓《こくひん》のオランダ人に刃を向けたと露見せぬよう、新井白石とその黒幕が速やかに手を打ったに違いなかった。

ともあれ、一夜の暗闘の件はすべて闇に葬られた。江戸参府一行は無事に予定を消化し、長崎へ向けて出立する運びとなったのである。

十四

出立の日、長崎屋の前は黒山の人だかりだった。

野次馬たちの中には、鴨井芹之介と田沼意行の姿も見出された。

兵四郎の姿は見当たらない。

「まったく、若いのに物見高さのない奴じゃ」

「若いとは、そういうことだろうよ。外国《とつくに》の事共など知らずとも、この日の本で生きていく上では何の障りもないのだからの」

ぼやく芹之介に、意行は涼しい顔で答えている。

ホーストへの遺恨など、まったく抱いてもいなかった。

程なく、一行が姿を見せた。

徒歩《かち》では目立って仕様がないため、吉宗の計らいでカピタン以下の全員に駕籠《かご》が用意されていた。

「ん……」

芹之介が怪訝《けげん》な表情を浮かべた。

「あの若いのはおぬしと渡り合《お》うた、ほうすとか申す者ではないかの？」

「うむ。誰か探しているらしいが……」

意行も不思議そうにつぶやいた。

なかなか駕籠に乗ろうとせず、ホーストは頻《しき》りに周囲を見回している。どこか切なげな表情を浮かべているようにも見受けられた。

と、ホーストの顔が輝く。兵四郎が長崎屋の陰に立ち、自分を見ているのに気付いたのだ。

二人の視線が交錯する。

互いに眼と眼で頷き合ったのは、ほんの一瞬のことだった。

そのまま兵四郎は振り向かず、路地の奥へと姿を消していく。

去りゆく背中を見やりながら、ホーストは片頬に笑みを浮かべた。

もはや急《せ》かされるまでもなく、すっと駕籠に乗り込む。

（ヘイシロー、また会おう）

戦いの末に友情を結んだ若き戦士の思い出を胸に抱き、心尽くしの衣裳一式を抱えて旅立っていく西洋剣士の心の内は、爽やかに晴れ渡っていた。

第五章　狙撃手

一

享保二年五月、江都はすでに梅雨《つゆ》入りしていた。

屋内にいても絶え間なく、雨垂れの音が聞こえてくる。どうやら今年は長梅雨になりそうな気配であった。

深川一色町の寓居で、今日も新井白石は文机《ふづくえ》に向かっていた。

「こたびこそ間違いはあるまいぞ……」

薄暗い書斎で筆を進めつつ、白石はほくそ笑む。

吉宗を将軍の座から追い落とすために、新たな手を打つことになったのだ。

気分が高揚している理由は、今一つある。

小石川の柳町に、新しい屋敷を普請することが決まったのだ。

梅雨が明けたら速やかに建材を手配し、普請を進める運びとなっている。地代も普請の費《つい》えも借金するには及ばず、すべて自腹で賄《まかな》い得る範囲だった。

幕政の第一線から退いたとはいえ、新井家は一千石を安堵《あんど》されている。老後の暮らしに対する不安も、まったくない。直参旗本の家禄は、たとえ無役《むやく》になっても保証されているからである。

これほど幕府から恩恵を受けていながら、若き新将軍に敵意を抱いて止まないのは筋違いかもしれない。

だが、この老爺には何ら恥じるところがなかった。

白石は徳川の天下を恙《つつが》なく保つため力を尽くし、数々の献策を成してきた。貨幣改鋳《かいちゅう》から国交問題に至るまで多岐に亘る問題と取り組み、不正を許さぬ政《まつりごと》を成功させてきたという強烈な自負もある。たしかにその功績は子々孫々、一千石の禄を以て報いるのにふさわしいだけのものだったと言えよう。

だが吉宗は新将軍の座に就くや、白石の積年の努力を嘲笑《あざわら》うかのように新政策を次々と打ち出し、諸制度を矢継ぎ早に改めている。

せいぜい手を出さなかったのは交易船の来航数を制限し、舶載品に支払う対価を金銀から銅と俵物《たわらもの》（高級海産物の乾物）主体へと改めた長崎貿易に関する新例ぐらいのものだろう。それも白石個人を評価したのではなく、制度の内容のみを認めてのことでしかなかった。

白石は、未だ一度も吉宗に召し出されていない。

失脚したとはいえ政治顧問として二代に亘る将軍を支えた自分のことを、若き新将軍は完全に舐《な》めている。そうとしか思えぬ扱いだと白石は感じていた。

「若造め……」

つぶやきつつ、黙然《もくねん》と筆を進める。

吉宗を疎《うと》む者たちに知恵を貸し、その存在を空《むな》しくせんとする謀略に加担していることへの悔悟《かいご》の念など、微塵《みじん》も感じさせはしなかった。

二

折しも、吉宗は鷹狩りの復活を決めていた。

今日も本丸内の居間――御休息之間に御側御用取次の面々を呼び集め、子細の段取りに余念がなかった。

「梅雨明けを待つまでもあるまいよ」

吉宗の判断は、いつも明瞭だ。

「苦しゅうない。雨天決行で構わぬではないか」

「なりませぬぞ、上様」

すかさず異を唱えたのは、御側御用の面々の中でも頑固者の加納角兵衛久通だ。

最年長の小笠原主膳胤次が去る四月に御役御免を願い出たため、加納は同輩の有馬四郎右衛門氏倫と共に吉宗を支えるべく、とみに躍起になっている。

しかし、吉宗はまったく意に介さない。

「そう四角四面になるでない」

微笑まじりに、重ねて告げる。

「ひとたび戦場《いくさば》に立てば、雨など厭《いと》うてはおられまい。違うか？」

「ぎ、御意」

頑固者の加納久通も、そう来られては首肯せざるを得なかった。

たしかに、吉宗の言う通りである。

神君家康公もこよなく好んだ鷹狩りは、単なる趣味としての狩猟ではない。

第一、規模が違う。

動員される頭数は、数千名に及ぶ。

付き従うのは将軍の親衛隊たる直参旗本だけではない。狩り場に選ばれた一帯には勢子《せこ》と称する小者が配置され、野に潜む鳥獣を追い立てる役目を担うことになる。指揮を取る旗本たちは武将であり、勢子たちはいわば足軽だ。

つまりは、幕府を挙げての軍事演習なのである。

吉宗は永らく途絶えていた鷹狩りを復活させることにより、堕落の一途を辿りつつある士気を高揚させようと目論んでいる。

のみならず、鷹場と呼ばれる狩り場を再び設けることは近郊の治安維持にも役立つと考えていた。

かつては当たり前のように行われていた将軍の鷹狩りが絶えたのは、在りし日の常憲院《じょうけんいん》こと五代綱吉《つなよし》が断行させた生類憐《しょうるいあわれ》みの令ゆえのことである。

その結果、被害を被《こうむ》ったのは無辜《むこ》の民だけではない。江都の周辺に広がる幕府の直轄領——天領の行政にも、深刻な影響が及んでいた。

庶民に生類の保護を命じ、殺生した者を処罰するからには将軍自身も鷹狩りになど興じてはいられない。

かくして江戸周辺の鷹場はすべて廃され、御留場《おとめば》（禁猟区）という名の空き地に成り果てたわけだが、ここにひとつの弊害が生じた。周辺の農民が好き勝手に入り込み、秣《まぐさ》を刈ったりすることが始まったのである。

牛馬を養う草を採取するための入会《いりあい》（共用）地を秣場と呼ぶ。江戸周辺の鷹場は将軍家の御用地でありながら、ことごとく飼い葉の供給源である秣場と化してしまい、生類憐みの令が撤廃されてからも状況は変わらぬままだった。

しかし、いつまでも見逃しておくわけにはいかない。

天領各地の代官は鷹場の私用を取り締まったが、農民たちは公然と反抗。二年前の正徳《しょうとく》五年（一七一五）七月七日（陽暦八月五日）に武州の是政《これまさ》村と下小金《しもこがね》井《い》村の農民同士が激突し、秣場騒動と呼ばれる事件まで引き起こされた。

幸いにも暴動にまでは発展せずに済んだものの、一歩間違えば幕府の威信は地に落ちていたことだろう。市中だけでなく、郊外まで含めて平《たい》らかに治めることができなくては、この江都を将軍のお膝元と言い切ることはできまい。

かかる固い信念の下に、吉宗は鷹狩り復活に乗り出したのであった。

空き地同然になっている鷹場を昔日《せきじつ》の如く頻繁《ひんぱん》に用いれば、農民たちも将軍の御用地であると正しく理解し、みだりに立ち入ることもなくなるだろう。

そう判じればこそ、一日も早く鷹狩りに出かけたいのだ。

「して、亀戸《かめいど》とは如何《いか》なる地じゃ」

「大川を遡上《そじょう》したところにございます」

「成る程。されば舟で参ることになるのう」

吉宗は無邪気に微笑む。

政策上のことは別として、狩猟に出向くのを楽しみにしているのだ。

紀州藩主だった頃以来、久方ぶりの鷹狩りだった。

三

市中から一里（約四キロメートル）余り。

本所の北部に広がる亀戸村は、風光明媚《ふうこうめいび》な地である。

寛文《かんぶん》二年（一六六二）に太宰府の天満宮《てんまんぐう》を模《も》した社《やしろ》が建立されてからは参拝に訪れる者も数多く、春ともなれば名物の梅見で賑わう。しかし梅雨を迎えた今は人気《ひとけ》も途絶え、天満宮近くの亀戸銭座《ぜにざ》――銅貨の鋳銭《ちゆうせん》所に出入りする役人や職工たちの他には、市中から足を運ぶ者もいなかった。

この亀戸では幕府の命により、鶴の放し飼いが行われている。鶴の肉は将軍の食膳に供されるのみならず、正月には『初鶴』と称して朝廷と諸大名へ贈るのがしきたりだったからである。生類憐みの令の下でもさすがに朝廷への贈答を急に止めるわけにはいかず、例外として容認されてきた。

そして今回、亀戸で鷹狩りが行われる運びとなったのだ。

ふだんは鶴番として餌付《えづ》けを任されているだけの村人たちも、こたびばかりは気が抜けない。新将軍の吉宗が最初の鷹狩りに訪れるとなれば、万が一にも粗相《そそう》があってはならないからだ。

水際の整備も抜かりなく進められた。

折からの長雨で、どこの橋も土塁もいつ決壊してもおかしくない。将軍の御前で斯様《かよう》な事態になってしまっては一大事である。

久方ぶりの晴天の下、監視の役人はしきりに檄《げき》を飛ばしていた。

梅雨の晴れ間は五月晴れ。雨が止んでいる間に普請を終えなくてはならない。

「急げ急げ！」

杭を打つ。

土嚢《どのう》を積む。

大童《おおわらわ》で働く人足たちの中に一人、目立って逞《たくま》しい男が混じっていた。

頬被りをしているので面体《めんてい》は分からないが、齢はまだ四十そこそこと見受けられる。身の丈は並だが腰回りがどっしりしており、腕も足も筋が太い。

筋骨逞しいだけでなく、きびきびと動く。

村の衆だけでは作業の手が足りぬため、公儀の用命により口入屋を介して集められた者だった。

「よう働くのう……」

監視の役人も思わず感心するほどに、疲れを知らない。

日が暮れる頃には普請も滞りなく終わり、過分に手間賃を弾んでもらった人足たちは喜んで解散した。

ところが、件《くだん》の男だけは引き上げようとはしなかった。

他の人足ともども帰ったと見せかけて、夜になると同時に戻ってきたのだ。

すでに役人たちの姿もない。

ほくそ笑みつつ、男は水際に立つ。

提灯など持ってはいない。どうやら夜目《よめ》が利《き》くらしい。

鷹場に定められた一帯をくまなく歩き回った後、男はようやく引き上げた。

向かった先は江戸市中ではない。

亀戸天満宮を横目に天神橋《てんじんばし》を渡り、堀の反対側に出る。

対岸の押上《おしあげ》村に一軒家を借りてあるのだ。

以前から住んでいるわけではない。こたびの仕事のため、人別《にんべつ》（戸籍）の上の住まいとは別に手配したばかりのものだった。

もとより、日払いの手間賃を得るために普請に出ていたわけではない。人足を装えば鷹場に公然と出入りできるし、役人たちの信用を得れば鷹狩りの日取りを聞き出すこともできる。

そうやって、着々と事の段取りを付けていたのだ。

四

家の中はきれいに片付いていた。

貸し主の農家では半年分の家賃を先払いした男をすっかり信用し、掃除を済ませただけでなく暮らしに必要な品々まで取り揃えてくれていた。

まず男は瓶《かめ》の水を汲み、汚れた手足をていねいに洗い始めた。

続いて頬被りを外し、洗顔する。

彫りの深い、くっきりとした造作だった。

上がり框《かまち》に置かれた乱れ箱には、乾いた手ぬぐいが幾枚も用意されている。

爪の中に食い込んだ泥まで残さず洗い落とし、手ぬぐいで拭き上げる。

さっぱりしたところで台所に立ち、竈《へっつい》の火を焚《た》き付ける。

飯が炊けるまでには、しばしの間がある。

部屋に上がった男は、床板の下から包みを取り出す。内見《ないけん》に訪れたとき、貸し主の目を盗んで隠し置いていたものだ。油紙にくるまれていたのは定寸刀ほどの長さの鉄管をはじめとする大小の部品類だった。

錆びていないのを確かめ、丁字油を含ませた布でひとつひとつ磨き上げる。

程なく、飯が炊き上がった。

土間に立った男はもう一度、ていねいに手を洗う。

指先の油を落としたところで杓文字《しゃもじ》を握り、熱々の飯をおひつに移す。

おひつを囲炉裏端《いろりばた》に置くと、味噌汁を作り始めた。

出汁を張った小鍋に刻み葱《ねぎ》を入れ、さっと煮立てて火から下ろす。漉《こ》し入れた味噌が芳香を漂わせ始めた頃にはもう、囲炉裏端で干魚が焼き上がっていた。

腹拵《ごしら》えを終えた男は什器《じゅうき》を片付けると、念入りに手を拭いた。

指を一本一本、乾いた手ぬぐいで拭き上げる。

磨き上げた部品は湯気を避け、食事の前に隣の寝間へ運び込んであった。

畳んだ布団に背中をもたせかけながら、部品を組み上げていく。押し入れから出してきた木製の床《しょう》を嵌《は》め込み、鉄輪《かなわ》で固定すると作業は終った。

全長三尺三寸（約九十九センチメートル）。

銃身二尺三寸五分（約七〇・五センチメートル）。

それは分解式の火縄銃だった。

六匁玉《ろくもんめだま》を使用する型にしては銃身が短めに仕立てられており、取り扱いやすそうな造りになっている。

むろん単発式だが精度は申し分ない。男が得意とする遠目《とおめ》を利《き》かせた狙い撃ちにも、十二分に耐え得る一挺であった。

五

翌日は朝から雨だった。

御城勤めの者たちは、登城《とじょう》するのも一苦労である。

田沼意行は着衣の雨露を落とし、汚れた足袋を履き替えると、速やかに中奥《なかおく》へ入っていった。

小姓とは、存外に忙しい役職である。将軍に日がな一日侍《はべ》っていれば良いわけではなく、さまざまな雑用にも従事しなくてはならない。

文房具であれ嗜好品であれ、吉宗が日々必要とする身の回りの品々は常に切らさぬように揃えておかなくてはならないし、政務の上で参照したい書物や過去の判例があると言われれば、書庫にも足を運ぶことになる。

朋輩《ほうばい》たちと手分けして職務をこなしていると、思わぬ呼び出しがかかった。

「早《はよ》う済ませよ」

取り次いだ小姓頭取《とうどり》の口調は、やや険《けん》を含んでいた。

総勢三十を数える小姓は六名の頭取によって束ねられている。ほとんど吉宗が古巣の紀州藩から抜擢した者だが、足軽上がりの意行に対しては有能と認めつつも風当たりが強く、私用で抜け出すのにも良い顔をしなかった。

席を外す理由の九割方は吉宗から命じられた影の御用のためなのだが、かかる事実を明かすわけにもいかない。

「申し訳ありませぬ」

慇懃《いんぎん》に頭取へ一礼し、意行は庭へ出た。

「藪田殿？」

「おぬしに、ちと話があってな……」

庭先に立った藪田定八は傘の下から、きまりが悪そうな様子で告げてきた。

紀州藩士としては意行より上格だった定八だが、御庭番となってからは御目見《おめみ》得《え》以下であり、本丸には公に立ち入ることのできない立場に置かれている。意行の場合は軽輩であっても小姓という特殊な職分《しょくぶん》ゆえに吉宗と親しく接することもできているのだが、定八ら御庭番は御休息之間の庭にこっそり推参して、内密に御用を承るのが常だった。

「されば、あちらへ」

意行は懐中から足半《あしなか》を取り出し、庭へ降り立つ。

書いて字の如く、足裏の前半分しかない小型の草履《ぞうり》である。

小姓は将軍の護衛役も兼ねている。意行は変事が出来《しゅったい》したときは速やかに表へ飛び出すことができるように、日頃から足半を携帯していた。

手拭いにくるんでおけるほど小型であるし、もしも刃傷《にんじょう》沙汰になったとしても足半は草鞋《わらじ》と同様、摺《す》り足で軽快に立ち回りやすい。このように用事があって庭に出るときにもわざわざ草履を持ってくる手間が省けて重宝するため、常に持ち歩くように心がけていた。

六

雨は止むことなく降り続いている。

「御用の最中《さなか》に、足元を濡れさせてしもうて相済まぬな」

「いえ」

答える意行の物腰は柔らかい。

以前には突っかかってくることもしばしばだった定八だが、このところ態度が軟化してきている。そうなれば、こちらにも眉《まゆ》を顰《ひそ》める理由はない。

「田沼……」

庭に面した廊下を行き交う者が絶えるのを待って、定八は口を開いた。

「話と申すは、御鷹狩りのことじゃ」

「はぁ」

意行は怪訝《けげん》そうな表情を浮かべた。

来る十一日に催される鷹狩りの件は、むろん承知している。

当日の警固《けいご》は鳥見番《とりみばん》に一任されることになっており、定八ら御庭番衆は留守を守る立場のはずだった。

小姓とて全員が随行するわけではないが、意行は警固に就く。本物の合戦場に赴くわけではあるまいし、吉宗の身辺の護りはそれで十分なはずだった。

一体、定八は何を懸念しているのだろうか。

しかし、わざわざ訪ねてきたからには火急の用向きに違いない。

戸惑いつつも、意行は生真面目な口調で話を切り出した。

「たしか、こたびの御鷹場は亀戸村にございますな」

「左様。天満宮のお膝元じゃ」

声を潜め、定八は続けて言った。

「その亀戸村を探りたい。おぬし、手を貸してくれぬか」

「何故《なにゆえ》ですか」

「尾張番の者より知らせが届いたのだ。継友《つぐとも》公の意を汲みし刺客が一名、江都に潜り込みし疑いありとな」

「え」

意行は驚いた声を上げた。

吉宗は御庭番衆を遠国《おんごく》御用と江戸地廻《じまわり》御用に従事させていた。定八ら十六家の御庭番は吉宗から直に、あるいは御側御用取次の加納久通と有馬氏倫から指示を受けて諸国の探索に赴くのだ。

御三家の尾張藩も、その探索対象に含まれている。

当主の徳川継友は当年二十六歳。四年前の正徳三年（一七一三）に尾張藩主の座に就いた青年大名だ。

昨年に七代将軍の家継が薨《こう》じた折は新将軍候補の一人にも挙げられたが、結果として抜擢されたのは紀州藩主の吉宗だった。

継友は八代将軍となった吉宗に諸大名ともども誓詞《せいし》を提出し、意に従うことを認めてくれてはいる。

しかし新将軍になり損ねた以上は内心、面白からざるのは間違いない。

そう判じた吉宗は尾張・水戸の両徳川家へ誓詞を謹んで返却し、骨肉に等しい間柄に斯様《かよう》なしきたりは無用と伝えたのだが、これは彼流の挑戦でもあった。

たとえ熊野牛王宝印《くまのごおうほういん》の護符《ごふ》が紙背《しはい》に認《したた》められた誓詞であろうとも、いざ叛意が募れば反故《ほご》と化すのは承知の上である。

来るならば来い。

そんな真意が伝わったのか否かは定かでないが、万が一の場合に備えて吉宗は御庭番に探索の御用を命じ、かねてより尾張藩の領内に潜入させていた。

その尾張番から知らせが届いたというのだ。

続いて定八が明かしてくれたのは、由々《ゆゆ》しき大事だった。

「刺客に立てられし者は砲術の手練《てだれ》であるそうじゃ」

「鉄砲……」

「御鷹狩りに乗じて仕掛けるには、この上なき手ぞ」

絶句した意行の傘に、雨がざざざっと激しく降りかかる。何とも不吉な響きであった。

吉宗は将軍職に就いて以来、鉄砲の取り締まりを強化している。

だからこそ、尾張の刺客は暗殺の手段に敢《あ》えて狙撃を選んだのかもしれない。

しかも鷹狩りに出かけたところを撃たれてしまえば、将軍家の権威が失墜するのは必定だった。

城中で刺客に襲われたのならばともかく、お楽しみの鷹狩りの場で落命したとあっては諸国の大名はもとより水戸徳川家も同情などはしてくれまい。江戸近郊の治安を回復するという目的を帯びての鷹狩り復活であることなど、幕政に関与しない立場では知る由もないからだ。

「儂《わし》は市中の探索に全力を挙げる。おぬしたちは亀戸に廻ってくれ」

「承知仕りました」

意行は決然と頷《うなず》いた。

何としても阻止しなくてはならない。

吉宗暗殺の危機を未然に防ぐべく、意行は白羽兵四郎と鴨井芹之介に亀戸村の探索を行わせることを決意した。

今日は五月八日（陽暦六月十五日）。

鷹狩り当日まで、残すところ三日であった。

七

その日の午下《ひる》がり。

新大橋の袂で落ち合った兵四郎と芹之介は、共に本所へと向かっていた。

雨は未だに降り止まず、共に蓑《みの》笠を着けている。両手を開けてあるのは刺客と不意に遭遇した場合に備えてのことだった。

御舟蔵《おふなぐら》を横目に、しばし北へ歩く。

「上様は亀戸まで舟でお出でになられるそうだの」

「は」

芹之介の問いかけに、兵四郎は笠の下で頷いた。

御舟蔵は、幕府水軍の艦船格納庫だ。とはいえ戦乱など起こるはずもない世で大型の船は必要とされておらず、かつて日の本最大の規模を誇った安宅丸《あたけまる》が天和《てんな》二年（一六八二）に解体されてからは、来る鷹狩りにて使用される麒麟丸《きりんまる》などの中・小型船舶が係留されているのみだった。

「舟ならば、御鷹場への行き来に狙い撃たれる恐れはあるまい」

「されば、鴨井様……」

「儂が刺客ならば狩り場の最寄りに足場を構え、機を待つことにするな」

「拙者《せっしゃ》も斯様に判じます」

芹之介の所見にそう答えると、兵四郎は空を見上げた。

雨の勢いは強い。

蓑を着込んでいても、冷たさが身に染みるようだった。

「冷えるのう」

芹之介が、ぶるっと巨体を震わせる。

「調べに出向くのでなくば、ちくと一杯ひっかけて参りたいところだがのう」

「ご辛抱くだされ」

兵四郎は、抜かりなく念を押す。

「残された刻《とき》は少のうございますぞ。速やかに敵の居場所を探し当てねば……」

「うむ」

不承不承、芹之介は頷き返す。

足早に歩を進める二人の耳に、どうどうと流れる水音が聞こえてくる。

本所深川一帯には堀が多い。

どの堀も打ち続く雨のため、水嵩《みずかさ》が増す一方であった。

程なく、亀戸天満宮が見えてきた。

「さすがに閑散としておるのう」

芹之介が思わずつぶやいた通り、天満宮の参道には人影ひとつ見当たらない。

門前の茶屋も商いにならないらしく、店を閉めていた。

「まったく、雨続きでは埒《らち》が明かぬわい」

「そう申されますな」

ぼやく芹之介を窘《たしな》めつつ、兵四郎は堀の対岸を見やる。

二手に分かれて探索を行うのは、道々話し合って決めたことだった。

芹之介は亀戸村を、兵四郎は天神橋の向こうの押上村をそれぞれ受け持ち、夜が更けたところで田沼屋敷へ直帰する手筈となっている。

「気を付けて参れよ」

芹之介の一言に対し、兵四郎は真面目な口調で告げる。

「鴨井様も、お気を緩《ゆる》められませぬよう……酒はなりませぬぞ」

「こいつめ!」

苦笑する芹之介に微笑み返し、兵四郎は天神橋を駆け渡っていくのだった。

八

芹之介と分かれた兵四郎は独り、押上村を調べ廻った。

田圃《たんぼ》に出ている者は誰もいない。

兵四郎の瞳に映じるのは、青々とした苗《なえ》ばかりだった。

静かな風景である。刺客が将軍暗殺を狙い、凶銃を抱いて潜んでいるとは到底思えない場所だった。

しかし、兵四郎の勘はこう告げていた。

(潜むには、これほど適した場所はない……)

刺客とて一目でそれと分かるような形《なり》で江都に来たわけではあるまい。恐らくは文人墨客《ぶんじんぼっかく》の類《たぐい》を装って、空き家など借りているはずだ。

梅雨時ならば家に引きこもっていても周囲から怪しまれず、好機の到来を待つことができる。

村じゅうの家を一軒一軒、兵四郎は表から見て回る。

人は気配を殺すことができても、家からは自ずと滲《にじ》み出る雰囲気がある。

女房子どもの声が聞こえてくるようならば、わざわざ確かめるまでもない。

独り所帯らしければ念のために忍び寄り、中の様子を見極める。

そういった地道な探索を続けた末、兵四郎がその家にたどり着いたのは日暮れ近くなってからのことだった。

九

（甘いな……）

窓から覗《のぞ》き見たとたんに、兵四郎は胸の内で苦笑した。

古びた窓枠越しに鉄砲が見える。

上がり框に放り出したままでいるとは、何と迂闊《うかつ》な刺客であろう。

こちらが忍び寄ったのに気付き、床に身を伏せているらしい。

（勝負あったな）

自信を持って、兵四郎はそう断じた。

敵の銃は支度ができていないからだ。

火薬と弾丸は装塡《そうてん》済みかもしれないが、まだ火縄が点火されていない。たとえ兵四郎が突入する前に銃を取っても、撃つことは不可能だった。

こちらには、飛び道具の馬針がある。

戸口に走り寄って板戸を蹴倒したときにはもう、蓑を脱ぎ捨てた兵四郎は籠手《こて》の櫃《ひつ》から二本の馬針を抜き取っていた。

二本同時に投じれば、まず仕損じることはない。

と、そのとき。

（火縄の臭い⁉）

気付いた瞬間、兵四郎は吹っ飛ばされていた。

銃は放り出されたままだというのに、何故——？

「く……」

硝煙の向こうに人影が浮かび上がる。

その右手に握られていたのは馬上筒《ばじょうづつ》だった。

銃身が一尺（約三十センチメートル）程度と短く、片手で取り扱うことも容易な小型の火縄銃である。

最初から火縄の臭いをさせていれば、たとえ予備の銃を持っていても兵四郎に軍配が上がっていたことだろう。

しかし、敵は一枚上手《うわて》だった。

狙撃用と思《おぼ》しき銃にしても、慌てて放り出したわけではあるまい。

あらかじめ囮《おとり》に置いておき、それを目の当たりにした兵四郎に隙が生じたのを見計らうや、短筒《たんづつ》を撃ち放ったのだ。

携帯火種の胴火《どうび》を用意していれば、速攻で点火するのも容易なはずである。

完全な読み違えだった。

土間に崩れ落ちた兵四郎をよそに、刺客は悠々と身支度を始めた。

上がり框の狙撃銃を取り、幾重にも油紙でくるんでいる。短筒のほうも素早く手入れし、同様にくるみ込んだ。

「く……」

目が霞《かす》んでしまっていて、姿を見定めることができない。

その様《さま》を見て、刺客は薄く笑った。致命傷を与えたと確信しているのだ。

「ま、待てい」

去りゆく背中に向かって、兵四郎は懸命に呻《うめ》く。

後を追うことはできなかった。

十

「兵四郎が戻っておらぬだと？」

蓑笠を着けた格好のまま、芹之介は啞然《あぜん》とした声を上げた。

あれから日暮れまで亀戸村を調べ廻ったものの収穫はなく、空振りで田沼屋敷へ戻ってきたところだった。

「まだ押上村に居《お》るのかのう」

「ならば良いが……」

意行は不安げな表情を浮かべていた。

忍びの腕は折紙付きの兵四郎だが、まだ若い。

そして若さは慢心に繋《つな》がることを、意行は己自身の経験から知っている。

探索するだけでは飽き足らず、刺客の居場所を突き止めて挑みかかったのではあるまいか。返り討ちになどされていなければ良いのだが——。

「鴨井」

言い知れぬ不安を覚えながら、意行はつぶやく。

「手数をかけて相済まぬが、明朝にも押上村へ参ってくれぬか」

「うむ」

安心させるように、芹之介は微笑み返す。

「兵四郎も子どもではない。夜っぴいて張り込んでおるのやもしれぬぞ」

「そうだな」

朋友の励ましに頷きつつも、意行は不安を拭い去れずにいた。

十一

ちょうどその頃、押上村の一軒家では兵四郎が死に瀕《ひん》しつつあった。

銃声は雨の音に掻《か》き消されたらしく、あれから誰も姿を現しはしなかった。

取り残された兵四郎の意識は朦朧《もうろう》としている。

撃たれたのは右肩口だった。止血はしたものの、このままでは弾丸の鉛毒《えんどく》が体じゅうに廻ってしまうことだろう。

馬針でえぐり出そうと頑張っても、腕がどうにも上がらない。

雨は止むことなく降り続いている。

「……」

兵四郎は視線を上げた。

開け放たれたままの戸の向こうに、表が見える。

闇の中に降りしきる雨のしぶきが、すぐ足元まで跳ねてくる。

喉がひりつく。

「み、水……」

水が飲みたい。

しかし、動くに動けない。

(これまでか)

すぐ目の前の滴《したた》りが、無限の彼方にあるようにも感じられた。

と、兵四郎の耳朶《じだ》を野太い声が打った。

「あ、兄いなのかい?」

「おぬしは……」

霞《かす》む目を見開き、信じ難い様子で兵四郎はつぶやく。目の前に立っていたのは
自分のことを兄貴と慕い、いつも追い回している瀬戸の新次だったのだ。

十二

兵四郎が担ぎ込まれた先は新次の実家──押上村の組頭《くみがしら》の家だった。

農村は束ね役の名主《なぬし》と組頭、百姓代《ひやくしようだい》の村方三役《むらかたさんやく》により運営されている。

新次は組頭の長男に生まれながら野良仕事を嫌って家を飛び出し、愚連隊の頭《かしら》になって暴れ回っていた親不孝者だったのである。

今夜は金をせびりに来たものの追い返され、もう遅いため勝手に泊まり込もうと父親の所有する貸家に足を向けたのだった。そこを将軍暗殺を狙う尾張の刺客が借りていたとは新次はもとより、父親も与《あずか》り知らぬことであった。

ともあれ、瀕死の怪我人を担ぎ込んできたとなれば追い出されたりはしない。すぐさま座敷に布団が敷き延べられ、新次は医者を呼びに急いだ。

堀伝いに舟を飛ばせば、大川の向こうまででもひとまたぎだ。

「まったく、命冥加《いのちみようが》な奴だな」

医者は兵四郎を一目見るなり、ぶっきらぼうにつぶやいた。無精髭を生やし、やさぐれた雰囲気を漂わせる中年男だった。

「お前さんと知り合いでなけりゃ、今頃は坊主の出番だったろうぜ」

「ご託《たく》はいいからさ、早いとこ頼むぜ先生」

神妙に揃えていた膝を思わず崩し、新次は声を荒らげた。

「静かにしな」

巨漢の新次を一言で黙らせ、医者は血で固まった手拭いをそっと剝《は》がす。

「……こいつぁ鉄砲傷だな」

「真実《ほんとう》かい⁉」

「俺ぁ若い頃に山暮らしをしたことがあってな、この手の傷は見慣れてらぁ」

「それは獣のことだろうが。どうして兄いが、鉄砲なんぞに」

「人も獣も撃ちどころが悪けりゃお陀仏なのは同じこったよ。この若いのを冥土《めいど》へ送りたくなけりゃ、早いとこ支度をしねぇ」

荒っぽい口調で答えつつ、取り出したのは手術用の小刀《こがたな》だった。

「火を熾《おこ》すんだ、新次」

「寒いのかい、先生？」

「馬鹿野郎。人の生き死にの瀬戸際だってえのに、暑い寒いもあるか」

毒づきつつ、手袋を嵌《は》める。

革を幾重にも縫い合わせた手袋は五指《ごし》が分かれており、指先で作業をしやすく仕立てられている。

それは小刀を炭火で熱して消毒し、執刀するための備えだった。

「よぅし」

一声上げるや、手早く傷口に差し入れる。

肉の焼ける臭いが辺りに立ちこめた。

「う……」

兵四郎は歯を食いしばった。呻きながらも体を動かさぬように保っている。

血に染まった鉛の弾丸が、ころりと出てきた。

「大したもんだ」

血に染まった小刀を下ろし、感心した面持ちで医者はつぶやく。

兵四郎は目を閉じていた。

「死んじまったんじゃないだろうな、先生？」

「違うよ。玉が出たと判ったから、安心しておねんねしたんだろうぜ」

手袋を外しながら、医者は確信を帯びて言った。

「第一《でぇいち》よ、お前さんが担いでくる間も気をしっかり保ってたんだろう？」

「あ、ああ」

「こいつはなまじのさむれぇより、よっぽど肝《きも》が据わってらぁ。お目にかかったことはねぇが、きっと忍びってのはこういう手合いなんだろうよ」

「忍び……」

「この太平の世に、そんな連中が生き残ってるとは思えないがな」

つぶやきつつ、医者は傷口を手際よく縫合していく。

小川笙船《おがわしょうせん》、四十六歳。

麹町に診療所を構える笙船は、以前にあの界隈《かいわい》を縄張りにしていた新次が喧嘩騒ぎを引き起こすたびに怪我人を担ぎ込まれ、持て余しながらもせっせと面倒を看てやっていた好人物だった。

十三

それから、兵四郎は深い眠りに落ちたままでいた。

ようやく意識を取り戻したのは翌日の朝になり、枕許に人の気配を感じたときのことだった。

甘い匂いが漂ってくる。

若い娘の懐に抱かれて、温もりを帯びた匂い袋の発する芳香だ。

「そなたは……」

「兵四郎様！」

歓喜に顔を輝かせていたのは木場の太丸屋の一人娘、お初であった。

可憐な花柄の単衣《ひとえ》が、ぐっしょり濡れている。朝一番で駆け付けてくれた新次の知らせを耳にするや、雨支度もそこそこに店を飛び出したのである。

兵四郎の頬に、熱いものが滴り落ちる。

安堵した反動なのか、お初の小さな目からとめどなく涙が溢れ出ていた。

「どうして、鉄砲で撃たれたりしなすったんです？」

「すまぬ」

「なぜ、こんなことになったのですか!?」

「……すまぬ」

泣きじゃくるお初に、兵四郎はそう繰り返すことしかできなかった。

十四

姿を消したままの兵四郎を、意行と芹之介は案じるばかりであった。

あれから芹之介が突き止めた隠れ家には夥《おびただ》しい血痕が残されており、兵四郎が撃たれたことを暗示していた。

「何としたかのう……」

「うむ……」

田沼屋敷の縁側で、二人は暗い顔を向け合う。

降り続く雨をよそに、押し黙ったままでいた。

そんな雰囲気を察したのか、辰は顔を見せずにいる。

兵四郎が戻らないのを案じているのは彼女も同じはずだが、いつもと変わらず香ばしい番茶と、砂糖を添えた梅干しを出していってくれた。

しかし、心尽くしの茶は一口も付けられぬまま冷めていくばかりだった。

意行も芹之介も考えていることは同じである。

兵四郎の安否を確かめるために、改めて鷹場周辺の全域を調べ直したい。

だが、それは慎まねばならなかった。

鷹狩りを明日に控え、鳥見番が出張って来ているはずだからだ。すでに、勢子たちの手配も始まっていることだろう。

彼らに刺客のことを明かすわけにはいくまい。

事が表沙汰になれば、要《い》らざる騒ぎを招くことになるからだ。

とはいえ、さすがに鷹狩りそのものを中止することはできなかった。将軍家の威信のためにも、あくまで実施を優先しなくてはならないのだ。

陽はすでに高い。心なしか、雨の勢いも弱まりつつあった。

もうすぐ、意行は登城の刻限である。

今夜は宿直で城中に泊まり、明日は鷹狩りに随行することになっていた。

刺客を未然に葬り去ることができなかった以上、現場で吉宗の盾になるより他にない。そう決意を固めていた。

「後を頼むぞ、鴨井」

「……」

断腸の思いで登城していく意行を、芹之介は歯噛みしながら見送った。

とにかく、今は兵四郎よりも刺客の行方を突き止めることに全力を挙げなくてはなるまい。

再び蓑笠を着けた芹之介は亀戸へ出向き、気付かれぬように川沿いをくまなく見て回ったが、結局は無駄足だった。

何処《どこ》に消えたのか、まるで刺客の姿は見出せない。

隠れ家を失った場合に備えて屋根舟を一艘、あらかじめ手配してあったことに芹之介が気付く由もなかった。

十五

「兵四郎が撃たれたと……して、おぬしは⁉」

登城した意行より話を聞いた定八は、思わず瞠目《どうもく》した。

「これより務めにございますれば……」

対する意行の態度は、あくまで淡々としていた。

「鴨井一人に任せる他にない。そう申すのかっ」

思わず定八が声を荒らげても、感情を表に出すことはしなかった。

「上様お付きの小姓が公務を投げ出し、私事を選び得るとお思いか。藪田殿」

「……」

黙り込む定八にそれだけ言い置き、意行は中奥へ去っていく。

定八は追うことができなかった。

こちらも、勝手に動くことはできないのはご同様なのである。

消えた若者の身を案じつつ、御庭番として城中の警固に就くばかりだった。

十六

宿直の小姓たちは控えの間にあらかじめ寝具を持ち込み、将軍が就寝するのを待って仮眠を取るのが常である。

「……」

田沼意行はまんじりともせず、寝返りを打つばかりだった。

他の小姓たちはと見れば、揃って熟睡中である。将軍の御前でいつも無表情を保っていなくてはならない反動なのか、どの者も鼾《いびき》と歯ぎしりがやかましい。

むろん、意行が眠れずにいたのは朋輩たちのせいではなかった。

まだ陽は昇っていないが、すでに日付は改まっていた。

今日は五月十一日（陽暦六月十九日）。ついに、鷹狩りの当日となったのだ。

雨音は一向に聞こえてこない。

よりによって今日、連日の雨が止んでしまうとは――。

絶好の狩り日和《びより》だということは、狙撃の機を狙う刺客にも好都合である。

それでも、中止を申し立てるわけにはいかない。

意行はそっと起き出し、音を立てぬようにして着替えを始める。

両の目は真っ赤である。

ついに、一睡もできずじまいであった。

十七

その頃、兵四郎も身支度を始めていた。

血が染み付いた筒袖と綿袴は、どうやら処分されたらしい。

枕許の乱れ箱には、おろし立ての着衣が畳んで置かれていた。真新しい半襦袢《はんじゅばん》と下帯も用意されている。

有難く押し頂き、仕付け糸を抜き取る。

単衣も袴も、若党が身に付けるには分不相応なほどの上物であった。

きれいに泥を落としてくれた籠手を着け、大脇差を鞘ぐるみのまま携える。

家の人々は、まだ誰も起き出してきてはいなかった。

今、こっそり抜け出せば迷惑もかからないことだろう。

しかし、肝心の兵四郎の体力はまだ十分に回復していなかった。

「む……」

表に出たとたん、へたり込んでしまう。

大脇差を杖代わりに、ようやっと立ち上がる。

このままでは先へ行くことができまい。

それに、対岸の亀戸村一帯にはすでに厳重な警戒網が敷かれていた。表向きは一介の若党にすぎない兵四郎が勝手に通行することは不可能であろう。

(これまでか)

白み始めた空を、兵四郎は為す術《すべ》もなく見上げる。

と、そのとき。

「待ちなよ、兄い」

声を低めて呼びかけてきたのは新次だった。

「おぬし」

「こんなこったろうと思ったよ。ま、俺に任せておきなって」

頼もしげに微笑みかけるや、背中をこちらに向けてしゃがみ込む。

「さ!」

急《せ》かす声には年上の貫禄が込められている。

「すまぬ」

兵四郎を軽々とおぶうや、新次は一散に抜け道を駆け抜けてゆく。この地で生まれ育った彼にとっては、監視の目を眩《くら》ますなど容易《たやす》いことだった。

「兄いのお役目が何かなんて、野暮なことは訊《き》きやしねぇよ」

「新次……」

「何をやらかそうとしているのかはしらねぇけど、兄いには何かやり残したことがあるんだろう。そいつを片付けなきゃ引くに引けねぇ……当たりだろ？」

兵四郎は黙って頷く。

「男ってのは楽じゃないやな。俺も、同《おん》じようなことが何遍《なんべん》もあったぜぇ」

「そうなのか？」

「兄いのお役目ほど大層なもんじゃねぇ、つまらん意地の張り合いだけどな」

苦笑しながらも新次の足は止まらない。

堀端に出ると、茂る葭《あし》を隠れ蓑に進んでいく。

力士じみた巨体に似合わぬ、慎重かつ俊敏な動きであった。

「下ろしてくれぬか。おぬしは、ここらで戻ったほうが良い」

ここはと見定めた地点に来たところで、兵四郎は一言告げた。

おもむろに、新次の足が止まった。

辺りに人の気配がないのを確かめ、兵四郎を背負ったまま語りかける。

「兄い。急ぎのとこをすまねぇが、もうひとつだけいいかい？」

「うむ」

「人ってのは独りじゃない。そう思えば、張り切れるもんだぜ」

「独りでは……ない……」

「そうだよ」

新次は、くすぐったそうに笑っていた。

「俺ぁ、兄いの役に立てれば本望なのさ」

「すまぬ……」

大きな背中の上で、兵四郎は心から謝するのだった。

十八

陽は中天に差しかかっていた。

亀戸に到着した吉宗は小休止を終え、いよいよ放鷹《ほうよう》を始めんとしている。

すでに船上で肩慣らしに、鵜《う》と鷭《ばん》を撃ってきた後である。中途に木母寺《もくぼじ》へ立ち寄り、近くの隅田堤で漁師が網を打つ様も見物した。好天の下で、実に寛《くつろ》いでいたと言えよう。

その様子を遠目に確かめ、刺客は独りほくそ笑む。

用済みになった屋根舟は、わざと見付かりやすい場所に乗り捨ててきた。今頃は鳥見番たちが発見し、躍起になって近くを探し回っていることだろう。

しかし、後の祭りだった。

刺客は勢子に化けて、すでに鷹場への潜入を果たしていたのだ。

こうしていれば、誰からも怪しまれはしない。

藁苞《わらづと》を抱えていても不審に思われることはなかった。

吉宗が鉄砲を握るのを確認した上で、狙撃の準備を始める。

銃身には濡らした藁苞を巻き、ちょっと見には分からないように偽装することも忘れてはいなかった。

距離は、およそ三十間（約五十四メートル）。十分な射程距離だった。

吉宗が獲物を仕留めた瞬間を狙い、脳天を打ち砕く。

その瞬間が今、訪れたのだ。

万が一にも、外すことは有り得まい。

絶対の自信の下に玉金《たまがね》（引き金）を絞り込まんとした、その刹那。

「！」

目の前の葭がざざざっと割れ、籠手を着けた諸腕が突き出された。

兵四郎は身を晒《さら》すや、迷わずに銃身を引っ摑《つか》んだのだ。

強引に逸《そ》らされた銃口から、轟音と共に弾丸が撃ち放たれる。

いつの間に、忍び寄っていたのか——。

短筒を抜く余裕も与えられず、刺客は袈裟《けさ》がけの斬撃《ざんげき》を浴びせられていた。

兵四郎は敢《あ》えて馬針に頼らなかった。

飛び道具を用いれば自ずと慢心するし、油断も生じる。

同じ過《あやま》ちを二度までは繰り返すまい。

それこそ刺し違える覚悟で立ち向かった、文字通りに懸命な兵四郎の一閃《いっせん》の下に精強の刺客は倒されたのである。

逸れた弾丸は、何処へともなく飛び去ったらしい。

しかし、発射音だけは四方に響き渡っていた。

「な、何事でありましょう？」

「捨て置けい」

色めきたつ加納久通を、吉宗はすかさず制した。

意行一党が、必ずや守ってくれる。

そう信じていればこそ予定を変えず、今日の鷹狩りを決行したのだ。

いつ何時《なんどき》、自分は命を狙われても不思議ではないだろう。

吉宗は日頃より斯様に考え、腹を括《くく》っていた。覚悟を決めていればこそ、政《まつりごと》を推《お》し進めるのにも戸惑いが生じない。

反対派が数多いのは、もとより承知の上であった。

いちいち臆していては、改革など為し得るものではない。

江都の表の護りを南町奉行の大岡忠相に、裏の護りを御庭番支配の藪田定八に任せる一方で田沼意行に特命部隊を組織させたことは、やはり正解だった。

「上様、田沼の姿が見当たりませぬ！」

「様子を見に参ったのだろうよ。苦しゅうない」

騒ぎ立てようとした小姓頭取を黙らせ、吉宗は満足げに鉄砲を下ろす。

騒ぎをよそに狙い撃った雉《きじ》が一羽、葭の茂みに堕《お》ちていくのが見えた。

十九

よろめきながら、兵四郎は立ち上がる。

気付いた鳥見番たちが迫り来るよりも早く、一人の男が駆け寄ってきた。

「兵四郎ー!!」

陣笠を着けていても見紛《みまご》うことなき、無二の主君がそこにいた。

目の前に立った意行に、兵四郎は無言で頷き返す。

「よくやった、よく……」

言葉に詰まりながらも、意行は兵四郎の肩を掻き抱く。

頬に熱いものが滴り落ちる。

それは意行の涙だった。

ここにも一人、自分のために泣いてくれる者がいてくれる。

兵四郎は晴れやかに微笑む。

開いた傷の痛みも、いつしか薄らいでいた。

二十

大川を夕陽が紅く染めている。

新井白石は独り、深川一色町の寓居にて執筆に励んでいた。

吉宗暗殺が人知れず阻まれ、未遂に終ったことを彼はまだ知らない。

吉報が届くのを心待ちにしながらも焦りを見せず、粛々《しゆくしゆく》と筆を進めていた。

「う……」

時折、苦しげな声が漏れる。

痛むのは足腰だけではない。内側から弱ってきているのだ。

わが身のことは、己自身が一番承知している。

よろよろと立ち上がり、億劫《おっくう》そうに灯火を点す。

淡い明かりの下に、頬骨の張った顔が浮かび上がる。

青鬼と呼ばれた男は疲れ切っていた。

だが、まだ斃《たお》れるわけにはいかない。

幕政の現場に今一度返り咲き、理想とする政に采配を振るう日が再び来るまで命を繋《つな》いでいたい。

白石は半ば執念のみで生き続けていた。

尾張藩がどこまで当てになるかは定かでないが、紀州一派より御《ぎょ》しやすいのは間違いないだろう。

高い理想を掲げる将軍ほど、臣下にとっては仕えにくいものである。

かつての綱吉公もそうだった。

吉宗はなまじ有能なだけに尚のこと、手に負えそうにない厄介者と言えよう。

天下人は凡庸《ぼんよう》なほど扱いやすい。むろん、臣下が烏合《うごう》の衆ばかりであっては話にもなるまいが、幕政の現場は舵取《かじと》りをする者が一人いれば何の障りもない。

老いたりとはいえ、まだ自分にもやれるはずである。

徳川継友を次期将軍に祭り上げるのが返り咲きの第一歩。

そのためには何としても、八代将軍の一命を頂戴しなくてはならなかった。

「まだか……まだか」

低い声でつぶやきつつ、老いた青鬼は筆を動かし続けるのであった。

二十一

吉宗暗殺の失敗を知らぬまま、新井白石が呻吟《しんぎん》していた頃。

江戸城の堀端《ほりばた》に立つ、長身の孤影が見出された。

白石の寓居をお忍びで訪問するときと違って、今宵は覆面を着けていない。

乗物——専用の駕籠《かご》と警固の侍たちを後方に控えさせ、昂然《こうぜん》と顎を上げて堀の向こうを見据えていた。

「吉宗め、命冥加な奴よのぅ」

不敵につぶやく武士は、まだ若い。

優美な相貌の中で、切れ長の双眸がぎらぎらと輝いている。

徳川宗春《むねはる》、二十二歳。

尾張藩主の徳川継友とは異母兄弟の間柄であり、今は譜代衆《ふだいしゅう》に任ぜられて将軍家の恩顧《おんこ》に預かる身だった。

本来ならば、吉宗の悪口など言えるはずもない立場である。

しかし、宗春は八代将軍への尊崇《そんすう》の念など微塵《みじん》も抱いてはいない。なればこそ刺客を送り込む暴挙に及んでいながら、平然としているのだ。

新井白石と結託し、吉宗失脚の機会を虎視《こし》眈々《たんたん》と窺う尾張藩の黒幕とは藩主の継友ではなく、異母弟の宗春その人だったのである。

兄の継友は生来気弱な質《たち》で、自分が最有力候補と目《もく》されていた八代将軍の座を吉宗に取られたことなどは、疾《と》うに諦めてしまっている。

だが、宗春は違う。

いつの日か兄に代わって尾張藩を支配し、その勢いで徳川将軍の座をも奪わんとする、尽きせぬ野望に燃えていたのだ。

漆黒の闇に包まれた堀を、ざざざっと夜風が吹き渡る。

宗春の双眸が妖しく光る。

江戸城に天守閣は無い。
国許の名古屋城と違って、金鯱《きんこ》を飾ることもできはしない。
しかし、あれこそが日の本の六十余州を統《す》べる、天下人の居城なのである。
「あの城にふさわしき主《あるじ》は、儂を置いて他におるまいぞ……」
口の端《は》に笑みを浮かべつつ、宗春は踵を返す。
江都を包む闇はまだ当分、晴れそうにはなかった。

第六章　外道を裁いた切り餅ひとつ

一

江都の人々は六月を迎えていた。

陽暦では、もう七月である。

梅雨《つゆ》は長引くかと思いきや早々に明け、暑さは日に日に増していた。

白羽兵四郎の銃創《じゅうそう》は膿《う》むこともなく、無事に回復してきている。抜糸した痕《あと》は肉が盛り上がり、傷も目立たなくなりつつあった。

今日は麴町にある小川笙船の診療所で、最後の診察を受ける日だ。

お初と新次も一緒だった。

屋敷まで、わざわざ迎えに来てくれたのだ。

田沼意行は、折しも登城《とじょう》するところだった。

「その節は兵四郎が大層世話になったそうだの。忝《かたじけ》ない」

上から物を言っているようでいても、態度を見れば心の内はすぐ分かる。二人を素町人と軽んじることなく、意行は生真面目に応じてくれていた。

兵四郎の命の恩人であると、感謝していればこその態度であった。

（この御方は、兵四郎さんのことを大事に想っておられる）

揃って頭を下げた二人は、そう感じ取っていた。

二

麴町には紀州藩の上屋敷がある。

江戸に出てきた当初の頃、田沼一家は藩邸の御長屋で暮らしていたものだ。

「久しぶりだなぁ」

明るい町の雰囲気に接し、兵四郎は我知らず微笑む。

漂う麴の匂いも懐かしい。

今日は一月ぶりの外出だった。

傷が塞がるまでは表へ出るのを禁じられており、せいぜい屋敷の庭で軽く体を動かすぐらいのことしかできなかった。

しかし、今は違う。

四肢を動かしたくて、たまらない。そんな気分になっている。

「だからって喧嘩沙汰はごめんだぜ、兄い」

新次がくすぐったそうな表情を浮かべた。

ちょうど麹町三丁目の辻に差しかかったとき、兵四郎たちは足を止めた。

「ここでしたっけねぇ……」

お初が目を細める。

あれは、昨年の五月三日（陽暦六月二十二日）のことだった。

初めて登城する意行の供をしていた兵四郎は、この街角で新次がお初に難癖を付けていたところに割って入り、腕自慢の新次を苦もなく一蹴した。

あれが、三人の出会いだったのだ。

「懐かしいな」

兵四郎も、ふっと微笑む。

思い出の場所は今も変わらず、活気に満ちていた。

三

小川笙船の診療所は、表通りに面した長屋で営まれていた。

同じ長屋でも、裏店《うらだな》より間取りが広くて心地よい。

笙船は畳をすべて取り払い、板敷きの診察室に仕立てていた。埃《ほこり》を吸いやすく、湿りを帯びやすい畳は病人の体には良くないという考えの下に、家主《やぬし》と交渉して改装するに及んだのだという。

「もう大事はないよ。ご苦労さん」

診察を終えるや、笙船は笑顔で請け合う。

いつも無愛想なのは相変わらずだが、どうしたことか兵四郎に接する態度だけはすっかり打ち解《と》けたものになっていた。

この若者の強靭《きょうじん》な肉体と精神《こころ》の力に感服し、敬意を払っているのである。

見守っていたお初と新次が、安堵《あんど》の吐息を漏らす。

「お前さん、いい友達を持ったなぁ」

「有難う存じます、先生」

皆の微笑みに誘われるかの如く、兵四郎の頬も緩《ゆる》んでいた。

四

しかし、世の中は良医ばかりとは限らない。

小川笙船と同じく麹町に診療所を構えている村井《むらい》長庵《ちょうあん》は、悪いほうの評判が高い町医者であった。

「あれですよ、兄い」

笙船の診療を終えての帰り道、新次は吐き捨てるようにして言った。

その視線の向こうを、坊主頭の男が歩き去っていく。

白地の単衣《ひとえ》に、薄地の十徳《じっとく》を重ねている。中年に差しかかってはいるが見目《みめ》形《かたち》の良い、二枚目と呼べる造作だった。

されど、人は外見では分からない。

「随分と泣かされている人が多いそうです」

お初も兵四郎の肩に隠れるようにしながら、密かに眉《まゆ》を顰《ひそ》めている。

二人が露骨に嫌悪の念を示したのも、無理はない。

長庵は腕こそ良いが金銭に執着すること甚《はなは》だしく、患者に対しては法外な治療費を請求するのが常だった。

何しろ、取り立て屋を雇っているほどなのである。

長庵が手を組んでいたのは、三次《さんじ》という小博奕《ばくち》打ちだった。

五

博徒の中では吹けば飛ぶような小者ほど、堅気の衆に対しては強面《こわもて》に出たがるものである。

「先生の世話になっておいて、払えませんはねぇだろうが？」

三次は今日も、長庵から命じられた治療費の回収に出向いていた。

「俺《おい》らもよぉ、子どもの使いじゃねぇんだ。空手で帰《けえ》ったんじゃ先生に申し訳が立たねぇだろ。ええ⁉」

歯を剝《む》いて三次は吠える。

貧相な造作の中で大きな口だけが目立つ、獅子《しし》頭《がしら》を思わせる面相だった。

正月の獅子舞ならばご利益もあるだろうが、この男に嚙みつかれては質《たち》の悪い病気を移されるだけのことだろう。

傍《そば》に寄ってこられるだけで、不快になる。そんな印象しか与えられない小悪党であった。

それでも、こちらに弱みがあれば言い返すこともできない。

長患《ながわずら》いの父親を診てもらった町娘は、すっかり怯《おび》えきっていた。

その父親はといえば長庵の治療で一時《いっとき》は持ち直したものの、三日前に息を引き取ったばかりである。

日銭《ひぜに》を稼いで暮らす庶民は、蓄えらしい蓄えなど持ってはいない。乏《とぼ》しい持ち合わせは、野辺《のべ》送りの費《つい》えのためにほとんど散じた後である。村井長庵はかかる事情を承知の上で、取り立て屋を送り込んできたのだ。

診療の最中に死なせてしまったとなれば致し方ないが、多少なりとも治療が効いたとなれば、然《しか》るべき報酬を受け取らなくてはなるまい。

かかる長庵の言い分は、かねてより三次を通じて繰り返し聞かされていた。

「どうか、今日のところはお引き取りください……」

「へっ」

差し出された一朱金を、三次は小馬鹿にした態度で見やる。

「こんなもんじゃ俺らの足代にもなりゃしねぇぜ」

告げると同時に、土足のままで上がり框《かまち》へ踏み込む。娘の白い手首を引っ摑《つか》む動きは存外に機敏だった。

「やっぱり、奉公に上がってもらうより仕様《しよう》がねぇやな」

「嫌です！」

「黙りな。まるで俺らが悪い真似をしているみてえじゃねぇか」

抗《あらが》う娘を強引に連れ出しつつ、三次は続けて言った。

「岡場所で年季勤めをしろってわけじゃねぇんだ。話の分かるご隠居さんのとこで身の回りの世話をしてくれりゃ、ぜんぶ帳消しにしてやろうってんだよぉ」

「嫌ぁ……」

娘が懸命に逆らっているのも当然だった。

長庵と三次のやり口は、世間に広く知れ渡っている。

治療費が回収できない患家《かんか》に見目形の良い娘がいれば、小金持ちの助平隠居へ勝手に話を持ち込んで妾奉公をさせているのだ。

無理やり娼家《しょうか》に売り飛ばせば罪にも問われようが、表向きは女中として奉公に上げているだけなのである。

「騒ぎたきゃ騒ぎなよ。お前さんが赤っ恥《ぱじ》をかくだけのこったぜぇ」

涼しい顔でうそぶきつつ、三次は娘を引き立てていく。

転がった板金は雪駄《せった》で踏んづけられ、乾いた土間に半ばめり込んでいた。

裏店住まいの娘が必死で工面したであろう誠意の証《あかし》を、まるで鐚銭《びたせん》のように扱っていた。

六

むろん、町奉行所への訴えは後を絶たなかった。

たとえ罪に問われないこととはいえ、長庵の所業が許し難いのは誰の目にも明らかである。

大岡忠相が率いる南町奉行所では極悪医者の長庵を捕えるべく、水面下で調べを重ねていた。

「まだいけませぬか、お奉行？」

「くれぐれも急《せ》いちゃいけねぇよ」

一連の悪事を報告してきた同心支配役与力に、忠相は抜かりなく念を押す。

「引っ括《くく》るにゃ、言い逃れのできねぇ手証《てしょう》ってやつが入り用《よう》だ。縄をかける折は一度しかねぇって心得て、廻方の連中に調べを続けさせてくれ」

「はっ。我らが月番のうちに、必ずや！」

気合い十分に答えると、与力は退出していった。

見送る忠相の表情は、どこか暗い。

（手柄を焦るのはいいが、このまんまじゃなぁ……）

それは配下の皆には言い難いことであった。

先に悪《わる》同心を粛清した一件を機に、どの与力も同心も忠相に対して畏怖《いふ》の念を抱くようになってきている。村井長庵の悪評を聞き及んだ忠相がいつまでも放置せず御用鞭《ごようべん》（逮捕）にしようと提案したとたん、揃って賛同してくれたのもそのためだった。

しかし、どうにも芳《かんば》しくない。

油蟬の鳴き声が聞こえてきた。

「暑いな」

扇子を遣いながら忠相はひとりごちる。

さすがの忠相も、こたびばかりはどうにもお手上げの様子だった。

火付けや辻斬りといった、分かりやすい悪人とは勝手が違うからである。

長庵はなかなか尻尾《しっぽ》をつかませない。

決定打となる証拠が見出せぬまま、事は長引くばかりであった。

七

村井長庵の捕縛に動いていたのは、実は南町奉行所だけではなかった。

このところ、麹町界隈《かいわい》では同心の姿を見かけることが多い。

彼らは出くわすたびに言い争うのが常だった。

「何でぇ、北の役立たずどもが！」

「おきやがれ、お前ら我楽多《がらくた》の出る幕じゃねぇぞ!!」

どの者も汗だくの顔を突き合わせ、喧嘩腰になっている。

当時の江戸には南町の他に北町・中町奉行所が存在し、三奉行制で市中の治安を預かっていた。

悪徳医者を御用鞭にするべく、北町奉行の中山時春《なかやまときはる》と中町奉行の坪内定鑑《つぼうちさだかね》も躍起になっているのだ。

当然ながら、配下の同心たちも張り合うことになる。

その足の引っ張り合いが災いし、肝心の御用が遅々として進まないのだ。

往来で顔を合わせれば、こうして喧嘩ばかりしているのである。

折からの猛暑で気が立ってもいるのだろうが、迂闊《うかつ》に過ぎることだった。

長庵の手先である三次を尾行したり張り込んだりしていても、いつもこうして気付かれてしまっていては埒《らち》が明くまい。

悪事の証拠を一向に押さえられぬのも当然のことであった。

「またやっていやがる」

怒鳴り合う同心たちを尻目に、三次は涼しい顔で遠ざかっていく。

先程の娘を向島の隠居所まで送り届け、約束の金をたんまりと受け取ってきたところなのだ。

間抜けな光景をたまたま目にしたのは、三次だけではなかった。

「まったく、役に立たぬ者共じゃ……」

鴨井芹之介である。

「あれでは捕物御用など務まるものか。儂《わし》のほうがよほど役に立つだろうよ」

毒づく芹之介に、後ろから相槌を打つ者がいた。

「お前さんの言う通りだよ。いやはや、まったく面目ねぇや」

「大岡殿？」

芹之介は驚いた声を上げた。

いつの間に歩み寄ってきたのだろうか。

どうやら、またお忍びで市中に出てきたらしい。

忠相の福々しい顔は汗まみれになっていた。

麻の単衣に絽《ろ》の夏羽織という涼しげな装いをしていても、今夏の猛暑には耐え難いようであった。

八

忠相に誘われた先は、数寄屋橋前の茶屋だった。

南町奉行所とは、目と鼻の先である。

「遠慮しなさんな」

懐を探りかけた芹之介の手を押し止《とど》め、忠相は二杯の麦湯を頼んだ。

「忝ない。では、有難く馳走になり申す」

たかだか麦湯一杯で大仰だなと思いつつ、芹之介は慇懃《いんぎん》に礼を述べる。

実のところ、忠相が苦手な芹之介である。

いつも伝法な口調で磊落《らいらく》に振る舞っているのは見ていて気持ちよいが、奉行であることに変わりはない。

共に吉宗の政《まつりごと》を支えている同士とはいえ、密命で人を斬る立場の自分が深く付き合うべき相手ではないと、常々感じてもいた。

しかし、対する忠相は寛《くつろ》いだ様子だった。

「俺ぁ、ここで一服するのが好きでねぇ……」

冷えた麦湯を喫しつつ、数寄屋橋を渡り行く人々をのんびりと見やる。

「この炎天下に、好んで出歩かぬほうがよろしいのでは？」

「どこにいたって暑いのに変わりはないからね。それなら、気が晴れるところに足を運んだほうがましってもんだよ」

「さもありましょうが……」

控えめな口調ながらも、芹之介の言葉はやや険を含んでいた。

町奉行たる者が、あまり軽々しく行動するのはいかがなものか。

自分のような手合いに親しく声をかけてくるのは止めるべきではないのか。

そう言いたいのである。

「まぁ、恥ずかしいことだが居《い》ても立ってもいられなくてね」

忠相の返してきた一言は意外なものだった。

「何と申される？」

「悪《わる》ってのは小せぇ奴ほどやっつけにくいもんだね、鴨井さん」

「村井長庵のことですかな」

「ご明察」

忠相は苦笑しつつ、ちらりと後ろを見やる。

茶屋の親爺《おやじ》が居眠りを始めているのを確かめ、言葉を続けた。

「いっそのこと、お前さん方みたいにぶった斬《ぎ》っちまえればいいんだがなぁ」

「大岡殿。お口が過ぎますぞ」

「すまねぇ。つい、愚痴っちまった」

思わず窘《たしな》めた芹之介に、忠相は自嘲の笑みを浮かべてみせた。

「だけどよ、それじゃ同じような奴がまた出てくるだけのこった。長庵みてぇに法の網をこそこそ潜っていやがる野郎こそ、きっちりと白洲で裁いて同類どもの見せしめにしてやらんといけねぇやな。それが上様からお引き受けした、俺の役回りなんだからな」

「……大岡殿」

しばしの間を置いて、芹之介は口を開いた。

「それがしにもひとつ、手伝わせてはもらえぬか」

「何だって？」

「我らは人を斬るばかりが能には非《あら》ずと、貴殿に得心《とくしん》してもらいたい。兵四郎にも声をかけるといたそうぞ」

なぜ、そのような気持ちになったのかは、芹之介自身にも判然としない。

ただ、これだけは言えるだろう。

大岡忠相という男のことが、芹之介は以前ほど苦手ではなくなっていた。

九

それから数日後――。

炎天下の大路を、白羽兵四郎が駆け抜けていく。

網代笠《あじろがさ》で陽射しを防ぎつつ、単衣の両袖をまくっている。

鉄砲傷が癒《い》えた兵四郎は意行の許しを得るや、芹之介ともども忠相を支援するべく探索に乗り出したのだ。

調べてみると、許し難いことばかりであった。

村井長庵は無宿人の三次と組み、医者の道を外れての強請《ゆすり》ばかりか殺しまで働いているらしい。

しかし一連の事実を突き止めたからといって、兵四郎たちが斬ってしまうことはできない。

　あくまで長庵と三次は公儀の手により裁かれるように持っていき、同じような悪業が市中で繰り返されないためにも、見せしめにしなくてはならないのだ。長庵に恨みを抱く人々と知り合うたびに掻き口説かれ、復讐を頼まれてもいた兵四郎だが、その願いを叶えてやるわけにはいくまい。

（表の正義とは大変なことだな）

　胸の内でつぶやきつつ、兵四郎は駆けていく。

　三奉行所の同心たちの張り合いは、相変わらず続いていた。

　その間にも、長庵は相棒の三次と悪事を重ねている。

　いつまでも看過《かんか》しているわけにはいくまい。

　斯様《かよう》に思い定めればこそ兵四郎は立ち上がったのだが、どうすれば良いのかが一向に分からなかった。


　さすがに、芹之介には年長者ならではの智恵があった。

「正面から挑むばかりが能でないぞ、兵四郎」

　番町の長屋に馳せ参じたところ、思いがけないことを言い出したのだ。

「では良き手があるのですか、鴨井様」

「おぬしが得手《えて》の七方出《しちほうで》、こたびは儂がやってみせようぞ」

「何と申されます？」

「まぁ、任せておけ」

驚いた声を上げる兵四郎に、芹之介は余裕の笑みで応じてみせる。

七方出とは、忍びの者が用いる変装術のことである。

芹之介は悪党どもを相手に、一芝居打とうと言っているのだ。

「これは、おぬしにも一役買ってもらわねばならぬがのう」

「如何《いかが》すれば良いのですか」

兵四郎は落ち着きを取り戻していた。

のみならず、楽しげな笑みさえ片頰に浮かべている。悪党相手に罠を仕掛けるとは、初めての経験だった。

乗ってきたのを見定めつつ、芹之介は続けて言った。

「調べ廻った先で出会《でお》うたという、奴らに恨みを抱く者たちが居《お》るそうだの」

「軽く十指《じゅっし》に余りまする」

「その者たちと語ろうて、仇討ちに出向いて参れ」

「え」

「むろん芝居じゃが、手は抜くな。全力で打ちかかって参るのだぞ」

十

その夜、鴨井芹之介は早々に事を起こした。

「藪医《やぶ》者めが、覚悟せえ！」

往診に出た帰り道、村井長庵が突然襲われたのだ。巨漢の浪人――芹之介は尾羽《おは》打ち枯らした形《なり》を装うため、無料《ただ》でも引き取ってもらえそうにない弊衣《へいい》に改めていたが、太刀筋の鋭さは常のままである。

用心棒代わりの三次が付いていても、歯が立つはずはない。

「た、助けて！」

「勘弁してくれい。わ、私が悪かった!!」

恥も外聞もなく、二人は逃げ回った。

芹之介は過去に長庵が殺害した女の情夫《まぶ》になりすまし、恨みを晴らさんとする様《さま》で襲いかかったのである。

三尺近くの刃が続けざまに闇を裂き、その刃音が怯えを募《つの》らせる。

「わっ、わっ」

　三次は腰を抜かしそうになっている。

　しかし長庵は、逃げ回るうちにはたと気付いた。

「ば、馬鹿を吐《ぬ》かすでないぞ！」

　恐怖の余りにどもりながらも、必死で言い放つ。

「あ、あの女に浪人の情夫なんぞが居《い》るはずもないっ！　お、お前は騙《かた》りなんだろう⁉」

「見破られては仕様がないのう」

　芹之介はあっさりと認めた。

「まぁ、悪く思うな」

　詫びながら、大太刀を鞘に納める。

「悪名高き長庵先生と昵懇《じっこん》になりたくてのう、手荒な真似をして相済まぬ」

「どういうことだい、ご浪人？」

　三次は半信半疑の様子だった。

　まだ懐に右手を突っ込み、短刀の鯉口を緩めたままでいる。

「そう疑《うたご》うて貰《もろ》うては話にならぬぞ。三次の兄い」

芹之介は鷹揚《おうよう》に言葉を続ける。

「おぬしらは頭は切れるが、とんと腕が立たぬ。芝居でなく、真実《まこと》に襲われたら何とするのだ」

「む……」

たしかに、言われた通りだった。

今まで誰からも刃を向けられずに済んだのが不思議なほど、悪事を重ねてきた二人である。もしも芹之介が本気を出していれば、間違いなく一太刀ずつで地獄へ送られていたことだろう。

言葉に詰まった三次をよそに、芹之介は長庵へと向き直る。

「儂を用心棒に雇わぬか、先生」

「え」

「贅沢《ぜいたく》は申さぬ。酒さえ存分に振る舞《も》うてくれれば、それで十分じゃ」

まったく、堂に入った芝居ぶりであった。

十一

麹町の診療所に同行した芹之介は、勧められるがままに酒杯を重ねた。

「ああ、酔うた」

上機嫌でつぶやきつつ、ごろりと診察用の布団に転がる。

程なく、寝息が聞こえてきた。

演技抜きで眠ってしまった芹之介を横目に、長庵はほくそ笑む。

「まったく、いい鴨だの」

「へい」

三次も、したり顔で微笑む。

たしかに、二人に恨みを抱く者は数知れない。

いつ何時《なんどき》、先程のように襲われるやもしれないのだ。

そこで腕の立つ芹之介を利用し、自分に復讐しようとする者たちを先回りして始末させようと目論んだのである。

斬らせるだけ斬らせた後は、奉行所に訴え出れば良い。

芹之介がお縄になってしまえば、こっちのものである。

これまでに働いてきた悪事を、すべて彼一人に押し付けてしまうことも可能であろう。つくづく都合の良いところに現れてくれたものだった。

十二

それから数日の間、芹之介は長庵一味と行動を共にした。

三次が取り立てに出かけるのにも同道し、無体《むたい》を働くのに手こそ貸さなかったものの、酷《ひど》い目に遭《あ》わされる者たちにわざと面体《めんてい》を晒《さら》してきた。

その上で、兵四郎と対決するに及んだのである。


表で軽く呑んだ後、芹之介が涼んでいこうと言って長庵と三次を誘った先は、大川の土手だった。

葉桜の並木道は、日が暮れれば提灯《ちょうちん》なしでは歩けぬほどに暗い。それが芹之介と兵四郎の仕組んだ一幕芝居の要《かなめ》でもあった。

「村井長庵殿だな。義によって貴公のお命を頂戴いたす。そこなる下郎も、共に死ねい」

現れるなり宣した兵四郎は着流しの浪人体《てい》となり、いつもの大脇差の代わりに定寸の刀を帯びていた。意行が予備の一振りを貸してくれたのである。

一人で赴いたわけではない。探索の過程にて知り合い、長庵への恨みのたけを自分に吐露《とろ》してくれた人々を集めてきたのだ。

十余名の男女は手に手に刃物を握っていた。

真実に、長庵と三次を恨み抜いている者ばかりである。間違っても勝手に突きかかってはならないと兵四郎に言い含められてはいても、迸《ほとばし》り出る殺気ばかりは抑えようがなかった。

「ひっ」

三次が思わず悲鳴を上げたのも無理はない。

可能性をあらかじめ予期してはいても、いざ目の前に大挙して現れたとなれば動揺するのは当然だろう。

一方の長庵も、気を失わんばかりになっていた。

両の膝が、がくがくと震えている。

「き、斬っちまっておくんなさい、先生！」

芹之介に哀願する三次の口調は、芝居抜きで怯えきったものだった。

手にした提灯を、今にも取り落としそうになっている。

芹之介は無言のまま、事の成り行きを悠然と見守っていた。

「その提灯、ゆめゆめ落とすでないぞ」

三次に向かって一言告げるや、悠然と懐手を解く。

大太刀の鞘が一挙動で払われた。

応じて、兵四郎も鯉口を切る。

間を置くことなく、定寸の刃が露《あらわ》になった。

弦《つる》から放たれた弓の如く、二人は一直線に飛び出していく。

「ヤッ!」

「トォー!!」

三次の提灯が盛んに上下しながら、斬り合う二人を照らし出す。

技倆はまったくの互角と見受けられた。

しかし、刃長では芹之介のほうが勝っている。

「う!」

大太刀の刃が一閃《いっせん》するや、兵四郎が断末魔の呻《うめ》きを上げた。

崩れ落ちていくのを尻目に、芹之介は居並ぶ男女へと突進する。

逃げ惑う隙も与えず、続けざまに大太刀が振り下ろされた。

軽く峰打ちにするだけとあらかじめ聞かされていた十余名の人々は兵四郎のつけた芝居通りに悲鳴を上げて、ばたばた倒れ伏していく。

「さすがに疲れるのう。とまれ、長居は無用ぞ」

戻ってきた芹之介は、着衣の前面を返り血でぐっしょりと濡らしていた。

「見事なもんでござんすねぇ」

三次は感心した声を上げる。

峰打ちの妙技を、剣術とは無縁の長庵と三次が見破れるはずもあるまい。

芹之介の指示を受けた兵四郎が革袋に鶏の生き血を詰めて着衣の下に仕込み、わざと斬らせたことにも気付いていない。

早いところ寝ぐらの診療所へ戻って芹之介を酔い潰してしまい、今夜のうちに奉行所へ訴えに走ることしか考えてはいなかった。

十三

そして、翌朝。

「鴨井芹之介、覚悟せえ！」

村井長庵の訴えを受けた南町奉行所は捕方の一隊を診療所に向かわせ、寝起きの芹之介を御用鞭にした。

「これは何の詮議《せんぎ》かのう？」

芹之介は動じることなく、大太刀を鞘ぐるみのまま同心に差し出した。

悠然と縄を受けつつ、後ろを見やる。

長庵と三次は肩を並べて立っていた。

「おぅい、後を頼むぞ」

しかし、返事はない。

引き立てられていく芹之介を、皮肉な笑みを以て見送るばかりである。

昨夜に芹之介が脱ぎ捨てたままでいた血まみれの着衣は、後から奉行所に証拠の品として届け出るつもりだった。

十四

お取り調べの場には、奉行の大岡忠相が同席する運びとなった。吟味方《ぎんみかた》の与力のみで執《と》り行われるのが常というのにまったく異例のことであったが、証人に呼ばれた村井長庵と三次の両名は嬉々として首肯《しゅこう》した。

「ようござんす。お奉行様のご面前で、洗いざらい申し上げやしょう！」

三次は賢《さか》しらげに言い立てた。

「まったく、こいつぁとんだ悪党でさ……」

「左様」

ひとしきりまくし立てた相方の後を受けて、長庵は慇懃に証言する。

「これなる鴨井めは私の存ぜぬところで患家を脅しつけて廻り、法外な治療費を脅し取らんとしたばかりか身売りまがいの所業まで働きし次第にござる。雇うた恩を仇で返され、つくづく慚愧《ざんき》に堪えませぬ」

立て板に水を流すかの如き証言ぶりだった。

芹之介はと見れば、神妙に押し黙っている。二人の申し立てることに、一言も抗《あらが》おうとはしなかった。

「成る程……」

すべてを聞き終えた忠相は、こう告げた。

「されば、別の証人にも話を聞こうかの」

と、与力に向かって頷《うなず》く。

与力の指示ですかさず走った小者たちが、一人の若者を招じ入れる。

姿を見せたのは誰あろう、白羽兵四郎だった。

それだけではない。

後からぞろぞろと入ってきたのは昨夜に斬り尽くされたはずの、長庵と三次に陥れられた人々だったのだ。

「な……」

たちまち二人は青ざめたが、まだ詮議は始まったばかりである。

「それなる三次が持ち込みし、この着衣だがな……」

忠相は、与力が拡げてみせた単衣と夏袴を指し示す。

「これは人の血には非《あら》ず。察するに、鶏の生き血であろう？」

「仰せの通りにございます」

兵四郎は謹厳に言上した。

「鴨井様は一人たりともお手にかけてはおりませぬ。我ら十余名を斬り尽くしたと申すのは、その者共の見誤りかと」

「ふざけるねぇ！　提灯までぶら提げてて、俺と先生の目ぁ節穴じゃ……」

「止せっ」

叫びかけた三次の口を、長庵が慌てて押さえる。

しかし、釣られてしまったからには手遅れだった。

「呆《あき》れ返《けえ》ったもんだなぁ、語るに落ちたぜ」

おもむろに口調を伝法なものに改めるや、忠相は沈黙した二人を見やった。

「お前さん方、あの世でもう一遍やり直してくるより他になさそうだぜ?」

もはや長庵も三次も、申し開きなどできはしない。

縄を打たれる二人の眼前に、縛《いまし》めを解かれた芹之介が立った。

「て、てめぇ!」

三次が呻き声を上げる。

睨《ね》め付けてくるのに構わず、芹之介は長庵の眼前へ進み出る。

仁王立ちになった巨漢を、悪医者は悔しげに見上げるばかりである。

と、その膝元に白い塊が投げ出された。

殺しの代金として、昨夜に芹之介が受け取った切り餅だった。

包み紙が破れ、ばらばらと一分金が白洲に散らばる。

「文句があるなら金に言え。うぬが懐より出でて儂に渡り、うぬを裁いたこの金にのう」

「……………」

芹之介の皮肉に対し、長庵は一言も言い返すことができなかった。

十五

かくして六月二十八日（陽暦八月五日）、長庵と三次は獄門に処された。往生際の悪いこと甚《はなは》だしく、市中引き回しの最中も沿道の人々から散々に罵声《ばせい》を浴びせられたという。

極刑執行の前夜、大岡忠相は配下一同に訓辞を与えるのを忘れなかった。

「手柄を争うは刑吏《けいり》の為すべきことに非ず。我らが成すべきは世の民草《たみくさ》のために労を惜しまず非を糺《ただ》し、悪《あ》しき者を罰することぞ。向後《こうご》は左様に心得い」

忠相の一言に南町の同心たちは恥じ入り、更なる精進を誓ったのであった。

十六

意行と芹之介、兵四郎の三人が日本橋を渡っていく。

残暑はまだまだ厳しい。

青空に湧き立つ入道雲を見上げつつ、芹之介がつぶやいた。

「我らは我らで大岡殿とは別に、為すべきことを成し遂げて参らねばのう」

「左様……」

応じて、意行が深々と頷く。

忠相が表の正義を行い、悪事の再発防止に努めてくれていればこそ、意行一党も巨悪との戦いに専念できるのだ。

町奉行には町奉行としてのお役目が、自分たちには自分たちの戦いがある。

むろん、江都の治安を守るために力を貸すことを惜しみはしない。悪に大小の違いはないということを、こたびの一件は三人に教えてくれた。

江戸市中に生きとし生ける者の平和を脅かす、あらゆる悪と闘う決意を男たちは改めて固めていた。

むろん、若い兵四郎も同様だった。

お初と太丸屋仁兵衛、新次に小川笙船。そして田沼屋敷の奉公人仲間たち。

その他の愛すべき人々のことも、むろん忘れてはいない。

（みんなを護り続けたい）

この江都に馴染《なじ》み、多くの知己を得たことで若き戦士は心からそう思えるようになりつつあった。

双葉文庫

ま-17-02

江都《こうと》の暗闘者《あんとうしゃ》

青鬼《あおおに》の秘計《ひけい》

2008年4月20日　第1刷発行

【著者】
牧秀彦《まきひでひこ》
【発行者】
赤坂了生
【発行所】
株式会社双葉社
〒162-8540 東京都新宿区東五軒町3番28号
[電話]03-5261-4818(営業) 03-5261-4833(編集)
[振替]00180-6-117299
http://www.futabasha.co.jp/
(双葉社の書籍・コミックが買えます)
【印刷所】
株式会社亨有堂印刷所
【製本所】
株式会社ダイワビーツー

【表紙・扉絵】南伸坊
【フォーマット・デザイン】日下潤一
【フォーマットデジタル印字】飯塚隆士

ISBN978-4-575-66330-3 C0193